謎

PASCAL
QUIGNARD
collection

パスカル・キニャール・コレクション

謎 キニャール物語集

小川美登里 訳

水声社

責任編集

小川美登里

桑田光平

博多かおる

目次

失われた声

ヴィヌイユへと向かうシャンティイの森の中にある「無人十字《デゼール》」辻で馬車が横転した。扉の窓で首を刎ねられたシモン・ドゥ・ヴェーは即死だった。御者の腰掛けに胸を押し潰されたヴェー夫人は息も絶えだえ状態だった。息子のジャン・ドゥ・ヴェーは扉の外へと投げ出され、手を負傷した。母の呻く声が聞こえたので、手は血まみれのまま、ジャンは指で椅子の木枠を砕こうとしたが、うまくいかなかった。「痛い」と呻きながら、母は苦痛を訴え続けていた。「母上！」と彼は叫んだ。母は窒息死した。そのとき木々の間から黎明が射し込んできた、夜が明けようとしていたのだ。ジャンは両親の遺体を馬車から引きずりだした。そして峠の下の草叢まで引っ張っていった。人里離れた場所だった。暁とともに生じた霧の中、一本の木の枝に御者の体が吊り下がっているのに彼は気づいた。誰も助けには来なかった。彼は悲嘆にくれ、その手は痛んだ。

＊

彼は草むらに座り込んだ。

そして年老いた両親の死を悼んだ。ジャンが運んだふたりの遺体は苔と草の上に安置され、いまやすっぽりと霧に覆われていた。立ち去るのはためらわれた。この寒さにもかかわらず、両親のからだはまだ温かかった。彼には泣くことすらできなかった。本当は泣きたかったのに。ジャンは遺体を見捨てる決心をした。

長いあいだ、彼は林のなかをさまよった。すると突然、目の前に一軒の家があらわれた。

＊

農民は彼を近隣の村へと連れていった。集まった川が壮大な湖を形づくる、山間の谷の村だった。蛙で溢れかえっていたため、その湖は「女王蛙の湖」と呼ばれていた。湖の周囲を囲むようにして柳の木が植わっていた。村人たちは彼を迎え入れた。彼はベンチに腰を下ろした。みな矢継ぎ早に彼に質問した。とうとう彼は、両親と御者が死んだこと、そして墓も掘らずに獣たちのなすがままの状態で彼らを打ち棄ててきたことを告白した。

「馬車のなかに荷物一切、本もお金も置いてきました」と彼は言い添えた。

「金があるならおまえを養ってやろう」と農民たちは答えた。

食べものを与えられたが、彼は空腹ではなかった。ひとりの老女が尋ねた。

「手に怪我をしているじゃないか。おまえさんいくつだね？」

「生きて三十の齢になる」と彼は答えた。

「金をくれるなら手の傷を治してやろう」と老女は言った。「湖は蛙であふれておるから、その卵で傷の治療薬を作っとる」と付け加えた。

「獣たちが食い荒すまえに、両親の遺体をここに運んでからにしましょう」彼は立ち上がりながらそう答えた。

＊

数枚の貨幣と引き替えに、村人たちは両親を見つけるジャンの手助けをすることにした。少人数の一団が「無人十字《デゼール》」辻に着いたとき、緩やかな下り坂になった道の下の欄干の上に、大きく傾いて倒れた馬車が今にも落下しようとしているのが見えた。コナラの枝に、手足が引っかかったままだった御者の体を下ろした。そして、馬車の近くに穴を掘って御者の遺体を埋め、土をかけて小石を敷いた。その間、別の村人たちがジャンの両親の死体を運び上げ、小枝を集めて出来合いの大きな担架を作り、ふたつの遺体を男たちの手で村まで運んでいった。

＊

ジャンの願いを聞き入れて、「女王蛙の湖」のほとりの一本の柳の木の下に、村人たちは遺体を埋葬した。

墓穴を埋めるあいだじゅう、鬱々とした天気が続いていた。村人たちは掘り返した土をシャベルでならした。雨が降り始めた。雨粒の落ちる中、黒鳥と黄色や白の鴨たちが、湖水の表面を滑るようにして静かに墓のそばに近づいてきた。日が沈む頃になると、雨は土砂降りになった。湖のすぐそばに三部屋だけの小さな旅籠があり、雨露をしのいで眠るため、ジャンはその一室を借りた。土砂降りの雨にもかかわらず、老女が旅籠にやって来て、蛙の卵の軟膏で治療してくれた。彼の手の痛みはすぐにおさまった。
夜の間じゅう雨はますます激しくなり、突風に変わった。ついには嵐が起こった。

＊

翌日、戸外で叫ぶ村人たちの声でジャンは目を覚ました。彼は部屋を出て、夜の終わりに嵐がもたらした被害を目の当たりにした。夜明けになり曙光が少しずつ広がるにつれ、礼拝堂の鐘が勢いよく鳴り始めた。村人たちは、穴の空いた屋根やなぎ倒された木々、家の台所へと流れ込んだ泥水を指さした。ある村人の地所では、雷の轟音で興奮した馬たちが逃げ去っていた。漁師たちの船は舫《もや》い綱がちぎれ、突風と雨の力に巻き込まれて難破していた。その瞬間、ジャンは柳の植わった湖のあのほとりの場所をはたと見た。

彼は駆けだした。

＊

柳の木も、柳の木の下に掘った両親の墓も消え去っていた。水中に滑り落ちて湖に呑み込まれてしまった。

小雨が相変わらず降り続いていた。ジャンは先端が水中に崩落した泥だらけの岸辺を見つめていた。軟らかくなった土の中に潜り込む間のなかった虫たちを、鴨や小さな緑色の蛙たちがついばみに来ていた。

眼前に広がる湖は普段より膨張し、より黒ずんでみえた。家族を失って以来、流すことのなかった涙がそのときになって初めて、彼の瞳からあふれだしてきた。

それから、彼は旅籠に戻った。安値で借りた一階の小さな部屋の両開きの窓は、外の土手と果樹園に直接通じていた。荷物とお金、貴重品一切にくわえて、父と母の着物も含めた積荷を、彼はすべて馬車から運び出していた。そこで、彼は持ち帰った本を読もうと考えた。ほとんどの書物は戦に関するものだった。両親の死や、墓が水没してしまったことを思うと、あまりにも心が痛み到底読書などできなかった。それどころか、本を読もうとすると、母親の呻く声がまたもや聞こえてくるのだった。「痛い！」と母は執拗に彼の耳の奥底で叫び続けていた。彼は部屋から果樹園に出た。湖面を滑るアヒルの子や白鳥を見に行こうと思った。春だった。岸辺にかがみ込み、淀んだ水に触れてみた。

こうして二日間が過ぎた。苦しみは激しいままだったが、徐々に不安は薄れ始めていた。彼は本とインク壺、白い紙とペンを窓の脇の小さな木机の上に並べた。だが、勉強する気にはなれなかった。宿の主人がワインを一瓶とコップを持ってきたので、テーブルの筆記具の横に置くようにとジャンは指示した。だが、お酒を飲もうという気分でもなかった。すると今度は逆にまた本が読みたくなり、それならば今の心境に合う本を買おうか、と彼は考えた。

*

教会で聖書の詩編を買い求めた。司祭は彼が差し出した金を数えた。

ジャンは旅籠に帰った。そして部屋に戻った。陽光の下で本を読もうと、窓辺の方に籐椅子を引き寄せた。彼は腰を下ろして読書に没頭した。

「すっかり本に夢中になっていらっしゃるのね」という声が不意に聞こえた。

ジャンは顔を上げた。ひとりの娘が両開き窓の窓枠の中に立って話しかけていたのだった。

驚いたジャンは、彼女にあいさつしようと立ち上がった。娘は襟ぐりの深く開いた深緑色のロングドレスを着ていた。彼女は手を差し出した。彼女の手は小さく、指は細くて長く、まるで透きとおるようだった。その顔は美しかった。肌は純白で、この世のものとはおもえないほどだった。

「やあ」とジャンは言ったが、その声はかすれていた。彼は続けた。「あなたほど美しい人には今まで会った事がありません。けれども、まるで人間じゃないみたいだ。村で会ったこともないし。どこか別の村にお住まいなのですか」

「わたしが村娘に見えて？　どこから来たかと尋ねるよりも、もっとすべきことがあるでしょう」

そこで、彼は娘が先ほどから差し出していた指をにぎりしめた。指に触れた瞬間、彼のからだ全体が震えた。指先の冷たさから、娘が人里に住む者でないことを彼は感じ取ったが、それでも恋に落ちた。ふたりは話をした。夜になると同じベッドで眠った。ロングドレスを脱ぐと、あらわになった娘の胸はあまりにも白く、思わず彼は顔をもたせかけた。娘の乳房は柳の花よりも柔らかかった。夜が終わり、夜明けの最初のミサを告げる鐘が礼拝堂の鐘撞き場から聞こえると、娘はジャンを起こさないようにシーツを足でそっと押しやり、ドレスを着て、窓を開き、土手の方角に向かって果樹園を去った。そして毎晩、太陽が沈むと彼のもとへと戻ってきた。

*

ジャンは娘に会うのが楽しみだった。彼女の匂いが好きだった。彼女の唇の味も好きだった。ともに触れあうのが大好きだった。しかし何にもまして、彼は彼女の声が好きだった。ある晩、彼が娘を愛撫しているあいだ、若い娘の喉元から歌のようなため息が漏れた。抱擁による息切れがやっとおさまったとき、娘のひんやりとした顔を両手に抱きながら彼は言った。

「僕は死ぬほど君に夢中だ」

娘は答えなかった。ただ、その冷たい指で彼の手をぎゅっと握っただけだった。

彼女は首を横に振った。

そのときジャンは言った。

「悦楽に達しながら君が聞かせてくれた歌のようなものは、美しかった」

若い娘は顔を赤らめた。そして言った。

「あれはため息だったのよ。つくべきじゃなかったけれど」

ジャンは立ち上がった。白いシャツを羽織った。そしてテーブルの上に置かれたコップを探しに行き、ワインを少し注いで彼女に差し出した。彼女はコップを受け取りながら、お礼に頭を下げた。そして目を伏せながら早口でこう言った。

「男はみな亡霊ね。でも、あなたは違う。だからあなたが好きなの」

それから、まるで古い思い出に締めつけられたかのように、突然すすり泣きを始めた。

「泣かないでおくれ、愛しているよ」ジャンは言った。

「わたしもあなたを愛してる、ジャン」彼女は小声でつぶやいた。

彼女はお腹の上までシーツをかけて、枕にもたれかかっていた。痩せているとはいえ、露わになったふたつの乳房がシーツの縁から盛り上がって見えた。彼はベッドの隅の彼女の隣に腰掛けていた。ふたりは語らいながら一緒に酒を飲んだ。なにか知っている歌はあるかい、と彼は質問した。彼女はどんな歌でも知っていた。そこで、自分のために一曲歌ってもらえないかと彼女に申し出た。

「君の声は美しい。僕はそれを聞きたいんだ。どうか僕のために一曲歌っておくれ」

彼女は首を横に振った。

＊

「ほんの一曲だけ、短くていいから」と彼は懇願した。

「無理よ」優しく凛とした声で彼女は答えた。

ジャンは彼女の手を取った。そしてしつこくせがんだ。

「ジャン」と彼女は言った。「わたしがあなたを拒否したことが今まであったかしら。もっとも厚かましい頼み事ですら、拒絶したことがあって？　どんな喜びでもあなたに与えたいとわたしは望んだし、これからもあなたに与え続けたい。でも歌うことは無理なの」

「一体なぜ？」ジャンは聞いた。

「歌えないのは、歌を誰かに聴かれてしまわないか、それが怖いからよ」

ジャンは繰り返した。

「でも、君の歌を聴くのはこの僕だけじゃないか」

「だから、そういうことなの。つまり、わたしの歌声が聴かれてしまうのよ」と彼女は反論した。

ジャンは食いさがった。

「まさにそれが僕の望んでいることなんだよ」

「だから、それが不可能なことなの。危険だわ。やっぱり無理」と彼女は続けた。「自分がまだ耳だった頃のこと、あなた覚えてる？」

「いいや」ジャンは答えた。

「そのときあなたはまだ呼吸していなかった。呼吸することなく、水の中で生きていたのよ。その水の世界は暗かった。だから危険なのよ」

＊

ジャンはふたたび立ち上がり、怒りにまかせて部屋を歩き回った。

「僕を愛してくれているのなら、歌を歌うべきだ！」彼は叫んだ。

彼女は答えなかった。ただ悲しそうな顔をしただけだった。

＊

彼は満たされない気持ちだった。一緒にいる時間ですら、この欲求が邪魔した。

ある日、とうとう彼女は彼につぶやいた。

「じゃあ、小声でしか歌わないことを許して。歌うのはあなたのためだけよ。そのことを誓って！」

ジャンは誓いを立てたが、彼女はさらに別の条件を課した。歌を聴くあいだ、彼のからだをベッドの木脚に縛り付けるよう、求めたのである。そして、ふたり以外の誰ひとりとして、部屋の外の生き物一匹すら歌に気づくことのないように、すべての孔をあらかじめ塞がなきゃ、と言った。

承諾のしるしに彼はうなずいた。娘もベッドから起き上がって洋服をはおり、跪き、部屋の隙間をひとつずつ、ジャンのシャツと股引で埋めていった。鼠の穴を紙で塞ぎ、ジャンの両親の荷物から外套を取り出して窓の下を目張りした。

それから、ジャンを立たせたまま、背中で彼の腕を組んで、帯で縛り付けた。

彼女は蝋燭の火を吹き消した。

窓から差し込む月光の中、ベッドの前、彼の正面に立った彼女は、その小さな指でリズムを打ちはじめた。彼女は歌った。

「月からこぼれ落ちる一条の光を受けて、かすかな声が彼女の口元から溢れ出す。

暗闇の中で、その声が僕の歩みを引き寄せる。

僕の足先が濡れたって、それがどうだというのだろう。

僕の瞳から彼女の姿は消え去らない。

彼女の唇は打ち寄せる波。

そこに岸辺はない」

口を手で覆いながら、彼女は静かに歌った。目に見えぬ声はかぼそく、うっとりとさせた。ほとんど聞き取れないくらいのその声は、それが発せられた場所よりもはるか彼方から聞えてきた。

＊

彼女のうたう歌に彼は魅了された。

頬をゆっくりと伝って流れ落ちる涙のように、その音色は明瞭で、透き通っていて、まろやかで、清らかだった。ベッドの木枠に縛り付けられて、蝋燭の明かりもない沈黙と薄暗がりに支配された場所でその歌を聴いていると、音はなすすべもなくジャンの耳へと入り込んできた。体内に忍び込むやいなや、音はジャンのからだを内側から燃え上がらせ、彼の魂を強く抱きしめながら、同時に彼から魂を奪い去ろうとするのだった。真っ暗な闇の中で音に圧倒された彼は、両眼を閉じていた。美しい調べをのせた声がたちのぼり、遠ざかっては消えゆくそのとき、その声をもっと聴こうとした彼は息をすることすらできなかった。その声に抗うなど不可能だった。ベッドの木の杭に縛り付けられているにもかかわらず、ジャンは頭を伸ばして、口を開き、聞き耳を立て、腕を縛りつける帯のせいで体の自由がきかないにもかかわらず、からだを動かそうとした。声の魔力に完全に支配され、その声の方へと向かおうとしていた。

＊

歌が終わり、沈黙が訪れた後、ジャンがふたたび目を開くと、深緑色のドレスを纏った娘が窓の前でかがみ込んで、外套を引っ張り出そうとしていた。

「歌をうたっているあいだ、窓の近くで誰かがわたしの歌声を聴いていた気がするの」と彼女は言った。

彼女の瞳は不安であふれていた。

彼女は外の闇を見つめていた。

「君が歌った歌はなんて素晴らしいんだ」彼はつぶやいた。

「いいえ、たいしたことないわ」

彼女は窓を閉め直した。

そしてベッドに腰をおろした。

「歌うべきではないものを歌ってしまったなんて！」両手で顔を覆いながら、振り向きざまに彼女は囁いた。

「僕を自由にしてよ」彼は懇願した。

彼女は微笑んだ。ジャンをベッドに縛り付けていた紐を解くのを忘れていたのだ。彼女は立ち上がった。そして帯を解いた。他の紐も全部ほどいた。だが、彼女の表情は不安気で、何かを怖れているのがジャンにも見て取れた。

「どうして君はそんなに深刻な顔をしているの？」彼は尋ねた。

彼女は悲しそうにほほえんだ。そして答えた。

「魂はからだを纏っている。そのからだは決して魂のものにはならない。わたしはある命をうばった。顔を盗んだ。声を掠め取った。ドレスを剥ぎ取った。死者たちは嫉妬深いのよ、わたしは……」

「何も言わないで、黙って！」ジャンは叫んだ。「君の話を知りたいとは思わない。僕が君の顔を好きなのは、それが君の顔だからだ。君の声が僕を感動させるのは、それが君の声だからだよ。ほんの少し開いた君のほっそりとした唇が僕は好きだ。だってそれは……」

彼は彼女のひんやりとした頬を両手で抱き、歌い終わったばかりの唇に接吻した。そして彼女の着ているドレスのボタンを外した。ふたりはベッドに戻った。

*

だが、枕に頭をのせた彼女の顔には、苦悩の表現が浮かんでいた。眼差しは何かに怯えていた。彼女は打ち明けた。

「あなたのベッドでわたしたちを結びつけたふたりの運命は終わりを告げたわ」

「ちがう、そんなことはない」ジャンは言った。

「わたしの心臓は胸で高鳴っている」彼女は答えた。「わたしの目はかすんでいる。心臓が高鳴り、目がかすんでいるのは、それは与えられた幸福をわたしが使い切ってしまったからよ」

「心臓が痙攣し視界がかすむのは、はっきりとした快楽の徴候だよ」と彼は反駁した。「君の腕のなかで僕はこんなに幸福だ。君がうたっているとき、僕はとても幸福だった。どうして幸福を怖れる必要があるんだい？　さあ、もう一度僕の胸のなかにおいで。腕のなかに君を隠してあげるから」

彼の腕に抱かれると、少し安心できる気がした。ふたりはもう一度抱き合った。ふたりの喜びは以前ほど激しく大胆ではなくなったが、緩慢で心地よいものとなった。すると突然、礼拝堂の鐘撞き場で、最初の朝課を告げる鐘が鳴り響いた。取り乱したようすで彼女は飛び起きて、ドレスを羽織って胸まで引っ張り上げた。

「わたし、行かなくちゃ」彼女は言った。

彼女は彼の手をなでた。

「あなたの手、とても腫れているわ、ジャン。治療しなくてはだめよ」と彼女は言った。

「蛙の卵の軟膏をもう一度塗ってくれるよう、ばあさんに頼んでみるよ」と彼は言った。

その言葉を聞いたとき、若い娘はぞっとした様子で彼を見つめ、失神した。背中のボタンをかけていた最中に、彼女は床に倒れたのである。

*

ジャンはベッドから飛び起きて、彼女のそばで床にひざまずいた。彼は彼女の頬を叩いた。意識を取り戻すよう、思いきり彼女の頬を打った。

やっとのことで彼女が目を覚ました。そして弱々しく彼に微笑みかけた。床に横たわったままの娘に向かって、ジャンは言った。

「微笑んでいても、なんて蒼白い顔をしているんだ」

「痛い」彼女は呻いた。

ジャンは泣き始めた。というのも、彼女が口にしたその言葉は、別の苦しみを彼のうちに呼び覚ましたから。

*

彼は寒さで震えていた。裸だったのだ。ジャンはもう一度ベッドに戻った。娘は慌てて指で髪をくしていた。彼女は彼の枕元に近づいた。

「さあ、眠って」と彼女は言った。

「そうだね、もう少し眠るよ」彼は答えた。

ドレスのボタンをかけ終えると、彼女は窓の方へ向かった。

窓を開けようとして、ためらった。そして彼の方へ戻ってきた。彼女の唇は震えていた。

「ジャン、わたし怖いの。恐がっても許してね。ねえ、ほんのすこしの間でいいから、わたしを岸辺まで見送ってくださらないかしら」

ジャンはすぐさま起き上がった。まだ裸だった。服を着るまで待ってくれるかい、と彼女に尋ねた。

「もう時間がないの」彼女は叫びながら言った。「もうすぐ夜明けだわ。それじゃあ戸口でわたしを見届けて。薪小屋の壁をわたしが越えてからしか、部屋に戻っちゃだめよ。そのあとベッドに戻って休んでいいわ」

そうしよう、と彼は約束した。そして、薪小屋の向こう側へ彼女が消え去るまで見守った。沈黙が支配していた。岸辺の草はまだ蒼く湿っていた。夜はまだ明けてはいなかった。彼女の影はもう消えていた。

部屋に戻って窓を閉めようとしたちょうどそのとき、突然助けを求める声が聞こえてきた。誰の声かすぐに分かった。声は恐怖におののいていた。

彼はまだ裸のままだったが、それでも恥部を両手で隠しながら、いささか滑稽な姿で果樹園へと突進した。しかし、どんなに辺りを見回しても、果樹園に娘の姿はなかった。

夜の影はまだ完全に消え去ってはいなかった。

そのときふたたび声が聞こえてきた。

「助けて！」

声は薪小屋の壁の方から聞こえてきた。彼は湿った草むらを進んだ。壁を見たがそこにはなにもなかった。視線を落として壁の下を見たとき、足元の草の中を一匹の大きな蛇が這っていくのが見えた。蛇が逃げ去った場所には一匹の小さな蛙がいて、全身を震わせていた。蛙を捕まえようと彼が屈んだそのとき、一羽の鷺が空から突然舞い降りてきて、嘴で蛙を奪い去ろうとした。ジャンは性器を覆っていた両手を思わず離して、灰色と白の混じった鷺が嘴で真緑の小さな蛙に掴みかかるのを阻止した。

彼は大きな鳥を手で遠ざけた。

それから、屈み込んで小さな雨蛙を拾い上げ、手のひらにのせた。その中で、蛙は冷たくて柔らかな蛙特有の手足を広げた。彼は部屋に戻った。そして蛙をテーブルの上に降ろしてやった。

＊

裸を見られまいと慌ててシャツを着るあいだ、生き物はしばらく動かず、生きている証拠を見せなかった。そして、ようやく動物は動き始めた。ジャンはシャツのボタンをかけながら蛙に近づいて、蛙のその動きを見守った。

深緑色の小さな雨蛙は、インク壺の端をゆっくりと登りはじめた。そして、突然、インクの海に飛び込んだ。それから、インクにまみれた姿で壺から這いでてきて、今度はテーブルの天板伝いに這って、文箱に置かれた紙までたどり着いた。

真っ黒な姿で行ったり来たりを繰り返しながら、動物は「MERCi《メルシー》」の五つの文字を紙に記した。

iの文字の上の点を書くために、染みをつけないように注意しながら、紙の上端の外へ動物は勢いよく跳んだ。緑というよりも漆黒になっていた蛙は、テーブルの木板の上を這い、木を汚した。蛙は苦しそうだった。心臓の鼓動は徐々にゆっくりになっていった。ジャンにはなすすべがなかった。乾いたインクが蛙の背中でひび割れはじめ、蛙に痛みを与えているのが分かった。彼は蛙を優しく抱いて、掌の中に戻した。そして、窓の扉を押し開いて湖まで歩いた。空と木々の頂を曙光が明るく染めはじめていた。湖の岸辺に着くと、彼はしゃがみ込んだ。動物を掌の中に抱いたまま、そっと水に手を浸した。そして、もう片方の手の指を使って蛙の皮膚を洗い、からだを覆ったインクを落としてやった。すっかりきれいになって、もとの真緑に戻った蛙は、水底へと潜っていった。それきり二度と姿を見せなかった。

*

次の晩、娘は彼の元に来なかった。ジャンは夜じゅう一睡もできなかった。籐椅子を窓辺まで運び、そこで読書した。本を読みながら、彼女のこと、その優しさ、低くて遠い声、ひんやりとした華奢な手を彼は想った。翌日、最初のミサの鐘が鳴って暁が顔を出すやいなや、彼は部屋の窓扉を押し開け、果樹園を通り抜けた。そして湖岸までやって来た。そしてこう呼びかけた。

「僕の愛する女性《ひと》はどこにいるの？」

「わたしはここよ」という声がそのとき彼に聞こえた。

それはまさにあの美しく純粋な娘の声だった。かすかなその声を耳にしたとき、彼は思った。「あれは彼女の声だ。でも彼女は一体どこに？」辺りを見回してみても、何も見つからない。

「わたしはここよ」その声が繰り返した。

彼は思った。「西の方から聞こえてくるぞ。水没した柳の方を見に行かなくては」

そして柳が植えられた側を歩いてみたが、夜明けの灰色の薄暗がりの中にはやはり何もなかった。彼はもう一度呼んでみた。

「僕の愛する女性《ひと》はどこ？」

「わたしはここよ」とふたたび声がした。「あなたの真下」

そのとき、弱々しい曙光の中で、淀んだ水にたゆたう一枚の葉に留まっている緑色の小さな一匹の雨蛙の姿が目に飛び込んできた。蛙は彼を見ると右手ですばやく合図を送り、あっという間に湖の中に消えた。

「真緑の雨蛙なんてめずらしい！」と彼は思ったが、その瞳には涙が浮かんでいた。

＊

次の夜もまた、彼女は彼の元に来なかった。彼はふたたび本を手にとって、寒さの残る湖岸の土手に夜明け前からやってきて腰を下ろした。

彼の周囲には、月明かりを受けて、大地から立ちのぼる露で濡れそぼった草が見えた。夜の湿気のせいで身を縮こまらせたままの草や花々を眺めて、彼は時間を過ごした。

＊

彼はもの想いに耽っていた。

草や葉、花々を愛したのは誰か。

キリギリスや毛虫、カタツムリは、草や葉、花々を愛し、それらを食べた。

キリギリス、蠅、毛虫やカタツムリを愛したのは誰か。

蛙たちは、キリギリスや蠅、毛虫を愛し、それらを食べた。
蛙を愛したのは誰か。
蛇、川カマス、カワウソや鷺は、蛙を愛し、それを食べた。
蛇、川カマス、カワウソを愛したのは誰か。
ミサゴや禿鷲は、蛇や川カマスやカワウソを愛し、それらを食べた。
ミサゴや禿鷲を愛したのは誰か。
壮大な青空はそれらを愛し、食べた。
壮大な青空を愛したのは誰か。
「わたしを食べるのは誰？」
彼の周りでは夜の中を蛙たちが歌をうたい、飛び跳ねていた。
ある声が囁いた。
「もう来ないで！」

＊

闇の中でとっさに彼は振り返ったが、彼に話しかけた声がどこから聞こえてきたかを知ることはできなかった。前の晩、葉っぱの上に乗って彼にすばやく合図した深緑色の小さな雨蛙を見つけようと、彼は何時間ものあいだ探し回った。しかし、一匹の蛙すら見つからなかった。何時間ものあいだ「女王蛙の湖」は静まり返ったままだった。正午近くになると、ついに空腹を感じて彼は立ち上がった。村へ向かった。そして食事をしながら村人たちに尋ねた。

「おまえさんは若い娘だと思い込み、そう信じたのじゃろう。けれども、それは若い娘ではなかったのさ」馬飼いの男が言った。

「若い娘が本物の若い娘だなんて、滅多にないことじゃ」年老いたひとりの木こりが言った。

そのとき、ベンチに腰掛けて赤子に乳を与えていた本物の若い娘がこう言い放った。

「あの人たちの馬鹿な話など聞かないことよ。ねえ教えて、あなたが愛した娘っていうのは緑色の幽霊じゃなかった？」

「確かに、緑色のドレスを着たすごく素敵な女性ではあったけど」とジャンは答えた。

「じゃあ、それは雨蛙だったのよ」と若い娘は言った。「溺死した死者は雨蛙になる。火葬された死者は蝶になる。誰だってそんなこと知ってるわ。土葬された死者は蛇になる。埋葬されて聖別された死者だけが天使になるの」

ジャンは旅籠を去った。司祭を訪ねることにしたのだ。司祭は彼を招き入れた。彼は司祭に尋ねた。

「天使と幽霊の違いは何でしょうか」

「水の面積だね」と司祭は答えた。

そして、答えに対するわずかばかりの施しを要求した。

＊

三日目の晩も彼女は来なかった。

彼女を長く待つことはしなかった。籐の椅子も引かなかった。本も手に取らなかった。すぐさま両開きの窓から外へ出て、果樹園を横切り、黄昏どきの赤い夕日に照らされた湖岸の土手に腰を下ろすと、彼は泣きはじめた。

もう彼女を探して湖を回ることもしなかった。

彼が泣き続ける間に、星々が昇ってきた。

泣いていると、すぐ近く、彼の肩の上のあたりから彼女の声が聞こえてきた。それは彼女だった。

「泣いてはいけないわ、ジャン。もう互いに会うべきじゃないのよ。さあ、あっちへ行って」

「いいや、そんなこと僕にはできっこない」ジャンは言った。「君と離れるくらいなら死んだ方がましだ」

「そんなこと言っちゃだめ。ジャン、今言ったことをすぐに撤回して。死ぬなんて言わないで。荷物をもって、さあ早く、急いで去るの。ありったけの愛情であなたを愛しているからこそ、言ってるのよ。さあ早く、急いで行って」

「君に言っただろう、君と離れるくらいなら死んだ方がましだ、って」

「ああ、かわいそうな人、かわいそうな人。お願い、お願いします。どうかここから立ち去って」

「じゃあ、せめて君の手を僕に差しのべておくれ。君の手を僕に！　君のあのなめらかな手に触れたい」ジャンは涙ながらに懇願した。

彼は何も聞こうとはせずただ泣きつづけたが、彼をまだ愛していた彼女は、とうとうその願いを聞き入れた。

「それでは、あなたが望むこの手を差し上げます」

そう言うなり口で手を噛みちぎって彼に与えると、蛙は後ろ脚で勢いをつけ、彼の肩から跳ね上がって湖にジャンプし、水底へと消え去った。

＊

青白い小さな蛙の手を掌に抱いて、彼は部屋へと戻った。何を考えるべきか、もうわからなくなっていた。なぜ自分が蛙の脚を愛していたのか、その理由が彼には分からなかった。ほとんど顔のないひとつの声になぜ従ったのかも分からなかった。彼は荷物をまとめた。インク壺の蓋を閉じた。ペンと書物を手に取った。鞄を閉めた。残った金を宿屋と村人たちに分け与えた。そして村を去った。だが、森の入り口で木立に分け入ろうとしたとき、先に進むことが彼にはできなかった。

突然、彼は道の土埃に荷物を投げ棄てた。

＊

それから湖の西側へと駆けていった。水に沈んだ柳の木に近づいた。彼は呼びはじめた。

「僕の愛する女性《ひと》はどこ？」

「もう戻ってこないで、って頼んだはずよ、ジャン」

淀んだ水にたゆたう植物の上には何もなかった。

「君はどこにいるの?」彼は大声で叫んだ。

「下よ、下」彼女は答えた。

「何も見えないよ」彼は言った。

「あなたの下よ」と彼女は言った。

水の中をじっと見つめると、水底に立っている娘の姿が目に入った。頭はもはや彼女の顔ではなくなっていた。手が一本欠けていた。輝く瞳は泣いているようにも見えた。

「君は僕の愛する人なんだ」彼は言った。「僕には立ち去ることなどできない」

「でも、あなたは行かなければ。お分かりでしょう、わたしは女ではないの、雨蛙なのよ」

「ここを離れるのはいやだ。それじゃあこうしよう。僕が今から君に会いに降りていくよ」

「いいえ、あなたはここに来てはいけないわ。水の中に来れば、あなたはすぐさま死んでしまう」

「君は大丈夫じゃないか」

「わたしの住む水のなか奥深くへ降りてくることなど、あなたには無理よ。水は胎児のためにあるの。母親の胎内を出た人間のものではないのよ」

「じゃあ、なぜ君はそこにいるの？」

「わたしは雨蛙だから。でもあなたは道を引き返さなくてはいけないわ」

湖岸の土手にしがみつきながら、彼は片方の靴《ブーツ》を水に浸した。水は黒ずんでいた。

「だめ、だめよ、やめて。ここはあなたの来る場所じゃない。これ以上進まないで。そこにとどまって」

やがて彼の性器、そして腰までが水に浸かった。彼女は叫んでいた。

「ジャン・ドゥ・ヴェー、これ以上は一歩たりとも進んではいけません。ここの水は深いの。来ないでください。死んでしまいますから」

「そんなことどうでもいい。死ぬなんてこと」彼は言った。

「やめて」彼女は叫んだ。

「もう一度あなたの唇に触れさせてほしい」彼は言った。

「いいえ、どうか来ないで、来ないでください」彼女は懇願した。

しかし、彼女の願いに耳も貸さず、彼女に向かって手を差し出だそうとして、彼はどんどん進み続けた。不意に、土手の草からその手が離れた。彼は深い水の中で溺死した。

*

雷が遠ざかった。雨が激しさを増した。馬車は滑って、欄干から四メートル下のはるか先の道の勾配に落下した。道に沿って水が流れていた。みな死んだ。人生は夢でしかない。どんな声も肉体を求める。わたしの声はどこにあるのか。かつてのわたしはどこにいるのか。叫びとはなにか。天をいっぱいに満たそうとする声、それが叫びと呼ばれるもの。女たちは子どものときの声のまま死んでいく。男たちは子どものときの声を失う。彼らはしゃがれ声の生き物だ。彼らの喉から消え去った、あの高音の声を求めてさまよう生き物が、彼らなのだ。それはあの世でもある。それは年齢のない水、遙か彼方にあって調性を与えられた水、淀んだ水、あらゆる飢えを和らげることができるがゆえに、ほかの何にも増して必要とされた女の声に常に寄り添っていた暗い水。その水は失われた水でもある。そしてすべての声は失われた声だ。すべては失われた。子どもは母親の手を求める。男は女の手を求める。僕は君の手を求める。君の手が欲しい。誰がその手をくれるだろう。なにものも手を差しのべはしない。

オウィディウス〔古代ローマの詩人（紀元前四三―紀元前一七）。『変身譚』の作者〕は書いた。*Vidi praesens stagnum.*（わたしはこの目でその沼を見た！）オウィディウスは書いた。*Aeternum stagno vivatis in isto !*（永遠にこの沼で生きていけたなら！）人間はかつて蛙だった、だから少年は声変わりする、女性に向かってみずからの欲望を虚しく叫び続けるあまりに。そうオウィディウスは言わんとしたのである。母は子宮から彼らのからだを羊水の外へと送り出す。数年後、彼らが母親に向かって手を差し出すとき、母は逃げ去る。彼らの声はみずからが立てる叫び声の中で消失する。激しい呼吸を強いたせいで、喉は赤く腫れあがる。欲望はその唇を引き攣らせ、欲望をともなう不安がその首を縮ませる。あまりにも激しく叫んだせいで、骨の一本が喉のなかで斜めにゆがみ、その状態でとどまってしまう。彼らの声はしわがれる。*Vox rauca !*（彼らの声はしゃがれた！）彼らの皮膚は体毛に覆われる。腋は匂いを発する。頬も毛に覆われる。性器は大きくなる。生殖器は球のように膨らみ、性器全体が下腹部からおぞましく突き出てくる。一七六九年、スパランザニ〔イタリアの博物学者で、実験動物学の祖（一七二九―一七九九）〕神父は、電気流体を研究するために実験室で使用していた雄の蛙をタフタ製の小さなブリーフで被った。フランス人は毎年三千トンの蛙を消費するが、それは蛙の脚一億一千万対に相当する。わたしはみずからの苦悩をここに語った。どれほど蒲松齢〔モンゴル貴族の末裔で、清代の作家（一六四〇―一七一五）。短編小説集『聊斎志異』の作者として知られる〕を愛しているかについて語った。どれほどオウィディウスを愛しているかについても語った。そして、人が岸辺の香草と一緒に淡水の蛙を食べるのがどれほど好きかについても。

舌の先まで出かかった名前

地獄はどこにあるのだろう。生きとし生けるものすべてが滅びるという、自己の内奥に横たわるあの薄暗い岸辺は一体どこに？　ひとりのうら若き乙女が手渡そうとする、摘み取ったばかりの林檎のなかにそれがないとすれば、一体どこに地獄はあるというのか。すべてが滅びる場所はどこにあるのか。ノルマンディーの田舎では草たちが伸び続け、冬は凍りつき、道はくぼみ、雨はとめどなく降り続き、樹木は王様で、あたり一面に林檎の木がある。

そこは海が支配し、風が我がもの顔に振る舞う場所だ。そこでは、海の主人が大地の主人でもあった。風を制する主人といえば水夫である。ノルマンディーでは、畑を鋤でならす農夫ですら水夫である。洋服を裁断する仕立屋ですら水夫である。林檎酒《シードル》を絞る職人ですら水夫である。コタンタンの半島ですら、海へと繰り出される水夫たちの船である。それは、海洋の白波の堤で座礁した海賊船だ。

吃り王ルイは八七九年の四月に崩じた。後を継いだのがカルロマン王だった。物語の舞台はこの時代、つまり田舎でも港でも、誰ひとりまだ読み書きのできなかった時代のことである。西暦千年は間近にせまっていた。そのときノルマンディー公国では、この世の終わりを待ち構えていた者たちと、そうでない者たちがいた。かたやキリスト教徒、かたやデンマーク人である。両者の言い分は甲乙つけがたかった。どちらも相手を言い負かせずにいた。というのも、世の終わりとは日々、毎分に関わることなのだから。それはウィリアム王が登場する前の話だ。

ディーヴと呼ばれた古い町があった。そこにビョルンという名の若い仕立屋がいた。人は彼のことをジューンヌと呼んだが、それはかつての言葉で熊を意味するといわれる。彼は美青年だった。膨らみのある織布のズボンをはき、袖つきのシャツは聖人像で飾られた幅広の帯で腰の位置に締められていた。彼は女たちの着物を裁っていたが、彼の仕立てた服を着た女性たちはみな彼を美男だと思い、夫にしたいと願っていた。注文があれば、大判のタピスリーも織った。魚を釣るための網を縫うこともあった。

彼は賢い青年だった。どんな質問にも答えることができた。裁縫に長けていたため、貧しくはなかった。彼は川の土手に面した一軒家に住んでいた。家の梁にはいつも二本の剣が架かっていた。コルブリュンヌは彼を愛していた。

コルブリュンヌは向かいの家に住んでいた。彼女は刺繍で生計を立てていた。彼女はジューンヌを熱愛していた。朝も昼も晩も、彼の姿を窓から眺めていた。そのうち夜も眠れないほどになった。

ある晩、眠ることもできず、ベッドで寝返りを打ちながら、彼女は思った。

「わたしには休らぎなどない。彼のことを想うと下腹部が疼く。涙は瞼からこぼれでんばかり。ひっきりなしにあの人の名に追い立てられて、とうとうわたしは一本の棘のようにやせ細ってしまった」

翌朝、彼女は身支度をととのえ、朱と黄色の刺繍に覆われた前掛けをしめて通りを渡った。そして彼の家の窓の木枠を叩いた。仕事の邪魔をされた彼は、無愛想に目を上げた。彼を愛している、だから彼の妻になれたらどんなに幸せか、コルブリュンヌはそう彼に伝えた。そして付け足した。

「あなたのすべてが好き。声音までも愛しています。あなたにとって自分の声なんてたいしたものじゃないでしょう。つまらないものよね。でも、わたしにとっては命を吹き込んでくれるものなの」

ジューンヌは縫い糸を置いた。そして彼女を見つめた。じっくり考えないと、と彼は言った。彼女の申し出はたいへんに名誉なことだとも言った。そして、窓辺で刺繍をする彼女の姿を見るのがいつも楽しみだった、とも。最後に、よく考えたいから黄昏と一夜と夜明けの猶予を与えて欲しい、と彼女に頼んだ。

翌朝、正午の鐘が鳴るよりも前に、ジューンヌはコルブリュンヌの家の扉を叩いた。彼は念入りに身繕いをしていた。長袖のシャツを着て、膨らんだズボンをはき、腰には聖人像が織り込まれた帯を巻いていた。彼女は彼を家に招き入れた。彼女の顔は興奮で赤く染まっていた。彼の視線は彼女が刺す刺繍へとじっと注がれた。

それから彼はコルブリュンヌの方を向いて、彼女の両手をにぎった。そして、夫になってもよいが、結婚にはひとつ条件があると言った。彼は続けた。

「コルブリュンヌ、君はディーヴの村中で一番の刺繍刺しだと言われているね。じゃあ、君ならこの帯と同じくらい美しく刺繍することができるかい？　残念ながら僕にはできなかったけれど」

こう言いながら、ジューンヌは腰に巻いていた帯を外し、コルブリュンヌに手渡した。

コルブリュンヌは頬を赤らめながら帯に触れた。というのも、その帯には仕立屋ジューンヌの体の温もりがまだ残っていたから。彼女は答えた。

「やってみるわ、ジューンヌ。だってあなたの妻になりたいもの。あなたに満足してもらえるよう努力するわ」

コルブリュンヌは何日も働いた。帯を飾っている図柄を再現するために徹夜もした。しかし、柄の図案は複雑に入り組んでおり、図案を縫い表している糸はあまりにも繊細なうえに、色彩も多岐に富んでいるため、これほど完璧な代物を再現することはできなかった。

連日の徹夜の疲れに、帯を仕上げられないのではないかという不安が加わった。また、凡庸な職人でしかないという失望に、約束を守れない以上、ジューンヌから拒絶されるにちがいないという悲嘆が付け加わった。

絶望が彼女を支配した。生きる喜びが消え去った。食べものも喉を通らなくなった。彼女は言いつのった。

「わたしは彼を愛している。わたしは刺繍ができる。でも、休みなく働いても、どんなに努力しても、わたしにはできない」

彼女は跪き、涙ながらに神に祈った。

「ああ、天と死の神よ、御身がどなたであろうとかまいません。どうかわたしをお助けくださ い。仕立屋ジューンヌの妻になるためなら、あなたに何なりと捧げます」

＊

ある晩、コルブリュンヌがすすり泣いていると、玄関の扉を叩く音が聞こえてきた。彼女は蝋燭を手に取った。

強風から窓を保護するために取り付けられた、豚の膀胱でできた提灯に彼女は顔を近づけた。彼女の瞳にひとりの領主のシルエットが映った。立派な身なりをした男だった。金の胴衣を着て、金の肩帯をつけ、ゆったりとした純白のケープを羽織っていた。彼は扉を拳で叩き続けていた。

コルブリュンヌは遠慮がちに少しだけ扉を開いた。領主は彼女に言った。

「どうか怖がらないでいただきたい。わしは宵闇で道に迷った領主だ。川を覆う靄をたどってなんとかここまでやって来た。すると夜更けにそなたの家の明かりが見えた。そこで馬の脚を休ませようと思い、家の垣根に馬を繋いだ。面倒をかけてすまぬが、わずかばかりの食べものと飲みものを振る舞ってほしい」

コルブリュンヌは領主を家の中へとおした。彼女は炉床に薪をくべた。そして発酵させた林檎酒《シードル》を彼に供した。うっとりとした様子で、彼女は領主の金の胴衣を眺めた。領主はもう一度「腹が減った」と言った。

コルブリュンヌはこんなにもうわの空でいる自分を詫びた。夜なべの疲れが重くのしかかって、と彼女は言い添えた。

「麦の粗粉で何かお作りいたしましょうか？」

領主は答えた。

「いや、林檎の方がよい」

コルブリュンヌは果物鉢を持って、貯蔵室まで林檎を取りに行った。それから、林檎をひとつ彼に差し出した。

領主は林檎を噛んだ。

彼が林檎を食べているあいだ、コルブリュンヌが慌てて涙を拭うのを領主は見た。彼は唇を拭った。そして言った。

「娘よ、泣いているのか」

そうでございます、と答えて、彼女は言い添えた。

「わたしは仕立屋のジューンヌを愛しています。こんなに夜遅くまで働いているのも、聖人像を編み込んだ帯を完成させるとジューンヌに約束したからなのです。けれども、五週間のあいだ昼夜を問わず働いても、それに見合うものはなにひとつできませんでした。わたしの話よりも、まず実物を見てください」

彼女は刺繍のほどこされた帯を探しに行った。そして、見本どおりに刺そうとして試みた虚しい結果をすべて彼に見せた。

領主は笑顔で言った。

「ちょっとお待ちなさい。世間は狭いのか、それとも偶然とは奇なりなのか。わしの馬の脇腹に吊り下がった鞍袋のなかに、それにおそろしく似通った帯が入っている気がするのじゃが」

領主が戻ってきて、ふたりで帯を見比べたとき、ふたつがまったく同じであることに気づいた。同じ色でない糸は一本もなかった。同じ形でない図柄はひとつもなかった。

そのとき、コルブリュンヌは急に泣きじゃくり始めた。彼女は言った。

「泣いているのは、わたしが貧しい娘だからです。この帯は少なく見積もっても馬一頭分か雌牛七頭分の価値があるはずです。あるいは金のブローチひとつ分の価値が。あなたさまからこれを買い取ることなど、わたしにはできっこありません。だからジューンヌともけっして結婚できない」

「涙にかきくれるのは止めなさい」と領主は娘に告げた。そして、彼女のそばに近づいて娘の髪をなでた。彼は言った。

「お前が望むなら、ただ同然でおまえにこの帯をやろう」

「何と引き替えに？」コルブリュンヌは領主の腕をさっとふり解き、領主に聞き返した。

「簡単なひとつの約束と引き替えに」と領主は言った。

「どんな約束？」コルブリュンヌは尋ねた。

「お前がわしの名を忘れないという約束だよ」と領主は言った。

「それで、あなたさまのお名前は？」コルブリュンヌは尋ねた。

「わしの名はヘドビック・デ・ヘルだ」と領主は答えた。

コルブリュンヌは笑いを抑えることができなかった。両手を叩いて笑った。彼女は言った。

「そんなに簡単な名前、どうやったって忘れるものではないわ。ヘドビックですって？　もしかしてわたしのことをからかっていらっしゃるのかしら」

領主は言った。

「コルブリュンヌ、おまえをからかってなどいない。大笑いするのはおやめ。その代わり、一年後の同じ日の同じ時刻、きっちり真夜中に、おまえがわたしの名を忘れていたら、そのときお前はわしのものだ」

コルブリュンヌは一層笑った。

「名前ひとつ覚えておくことくらい、たやすいわ」と彼女は言った。

彼女は領主に近づいて、彼から帯を受け取った。領主は椅子から立ち上がった。コルブリュンヌは言葉をついだ。

「でも、領主さま、わたしはあなたさまを騙したくはありません。わたしが愛しているのは仕立屋のジューンヌだけなのです。わたしは彼に約束しましたし、彼に帯を届けたらすぐにでも、わたしは彼の妻になるでしょう」

領主は言った。

「おまえの仕立屋との約束についてはもう聞いた。だが、わしと取り結んだ約束も忘れるでないぞ。わしの名前を忘れるな。もしも記憶がおまえを裏切ることがあれば、そのときはおまえの仕立屋には気の毒だが、おまえはわしに従うことになろう」

コルブリュンヌは言った。

「同じことばを繰り返していらっしゃるのはあなたさまの方です。わたしは愚か者ではありません。ヘドビック・デ・ヘルの名を記憶に留めることは、コルブリュンヌの名を忘れない以上に難しいことではありませんし、これまで自分の名前を覚えていることにさほど苦労した記憶もありませんもの。領主さま、あなたはわたしに親切でした。ですが、一年後にあなたさまが腕に抱きしめることができるのは、残念ながら風と後悔だけでしょう」

「そうかもしれん」と領主ヘルは奇妙な笑みを浮かべて言った。「だが、もしわしがおまえだったら、ジューンヌの身体にたくさん甘えて、彼を腕にきつく抱きしめるだろうよ」

そう言いながら、彼は純白のケープを纏った。そして、玄関の敷居をまたいで垣根まで行くと、馬に乗って闇の中へと旅立った。領主と馬の姿はあっという間に川を覆う白い靄の中に消えさった。

＊

ジューンヌは不意に目を覚ました。窓に目をやると、まだ日が昇りはじめたばかりなのに、もう誰かが扉を叩いていた。彼はベッドから飛び起きた。彼は思った。

「コルブリュンヌだったらいいのに。きっと帯を仕上げたのだろう」

彼は玄関を開けに行った。テーブルの上に屈み込んで、ふたりは二本の帯を眺めた。それらを見比べた。そしてふたりは微笑んだ。ジューンヌはコルブリュンヌに言った。

「君の手は妖精の手だ」

コルブリュンヌは顔を赤らめた。彼女は鼻高々だった。

彼らの前に並べられた二本の帯は本当に瓜二つだったので、どちらがジューンヌの預けた帯なのか、ふたりとも言い当てることができなかった。

コルブリュンヌはとっさに言った。

「じゃあ、明日にでもわたしたちの婚礼を通知しましょうよ」

明日まで待つ理由などないのだから、今日のうちに予告しよう、とジューンヌは答えた。そしてこう言い添えた。

「僕自身が成し遂げられなかったことをやってのけた手利きを妻に娶ることができて、僕は本当に鼻が高いよ」

彼は彼女の手を取った。そして彼女の体を引き寄せた。ふたりは抱擁した。

ふたりは結婚した。ジューンヌの寡婦資産は、ディーヴ川沿いの木づくりの家と十反の布地、一本の槌と二本の剣だった。コルブリュンヌの持参金は、木製のテーブルと一脚の椅子、ホクチダケの火打ち石、蝋燭一本、糸車、錘、林檎ひとつと丸型の刺繍枠だった。みなの面前で、ジューンヌは聖人のモティーフが織り込まれた帯をコルブリュンヌに贈り、彼手ずから彼女の腰に帯を巻き付けた。見事な装飾がほどこされた帯をつけたふたりは、ディーヴの村人全員の前で、互いに一杯の洋梨酒《プレ》〔洋梨を発酵させた飲み物〕と一杯の林檎酒《シードル》〔林檎を発酵させた飲み物。作者によると、かつてノルマンディー地方では、林檎よりも洋梨の木が多く植生していた〕を飲み干し、こうしてジューンヌとコルブリュンヌの婚礼の儀式は満場一致で祝福された。船頭と革職人、漁師と大工そしてパン職人に付き添われた鍛冶屋が婚礼を取り仕切った。コルブリュンヌは雌牛の背中に乗ってジューンヌの家に輿入れした。ジューンヌは家の鍵を妻に渡した。

彼女は炉床の灰をかき混ぜた。そして風呂に入り、髪を上げ、うなじの上でリボンを結わえて右手に槌を持ち、寝床にねそべり、両足を開いて彼を迎えた。ふたりとも幸福だった。九ヶ月が過ぎた。

九ヶ月目の終わりのこと、ある日コルブリュンヌが丸い刺繍枠の中に黒い駿馬の姿を刺繍していたとき、突然、彼女の顔が引き攣った。

彼女が泣いていたあの晩の訪問客を、あの領主のことを彼女は思い出した。そう、それは彼女がジューンヌと結婚する前夜、夜中に明かりをつけたまま泣いていた晩のことだ。彼女は約束を思い出した。だが、領主の名前を思いだそうとしたその瞬間に、不意にその名が記憶からするりと逃れ去った。

名前は舌の先まで出かかっていたのに、彼女はそれを見つけることができなかった。その名前は唇の辺りを漂っていたのに、彼女のすぐ近くにあったのに、その名を捕まえることも、それを口の中に押し戻して言葉にすることもできなかった。

彼女は動転した。そして立ち上がった。

記憶の中をどんなに探したところで、謎めいたあの領主の名前を思い出すことが彼女にはできなかった。彼女のまなざしは恐怖に満たされた。

彼女は部屋の中を堂々巡りした。

あの晩の自分の動作をどんなに繰り返してみても、陶器の果物鉢を持って貯蔵室まで林檎を探しに行っても、自分の動きを繰り返しても、あの純白のケープや黒馬や金の肩帯のことを考えても、あの夜自分が言った言葉を繰り返しても、あの日の動作や、領主の歯の下で音を立てた林檎、彼の胴衣、言葉や話は思い出せるのに、その名前だけはどうしても思い出せないのだった。

＊

彼女は眠れなくなった。

寝室は悲しみに支配された。夜のあいだ彼女は怯え、夫を拒絶した。失った名前を探して、彼女は寝返りを打ち続けた。

夫は驚いた。

寝室を満たした悲しみが、今度は台所にもあふれていった。コルブリュンヌは料理を焦がした。料理が焦げなくとも、テーブルに出すのを忘れた。炉床の灰をかき混ぜることもしなくなったため、煙突は汚れ、煙が上がった。食事を作るのを忘れることすらあった――それほどまでに彼女は不安に怯えながら、忘れてしまった名前を思い出そうと躍起になっていたのである。

夫は怒った。

彼女は痩せ衰えていった。彼女はふたたび一本の棘のような姿になった。寝室と台所を満たした悲しみが、今度は果樹園をいっぱいにした。彼女は育てるべき野菜の世話をしなくなった。土から人参を抜くこともしなくなった。ウサギたちは心配そうに野菜の葉の分け前を待ちわびていた。果樹園に林檎も梨も実らなくなると、鳥たちも去って行った。そして沈黙に覆われた。

一方、コルブリュンヌはと言えば、せむしのような格好で頭を上げようとせず、何も見ようともせず、なくしてしまった名前をただひたすら探し続けながら、木々の枝の下をさまよい歩いていた。

夫は突然、彼女をぶった。

コルブリュンヌは涙でいっぱいの顔をジューンヌに向けた。彼は彼女の手を取って、彼女の行いがこんなにも変わってしまった理由を、不満そうな表情で問いただした。どうして悲しみが突然彼らに襲いかかったのか。

どうして彼女はなにも食べなくなったのか。一緒に寝ているとき、なぜ彼の腕を振り解くのか。なぜ一晩じゅう涙を押し殺して泣くのか。なぜ果樹園は静まりかえったのか。なぜ炉床は冷たくなったのか。なぜ彼女は家ではうつむいたまま、庭では狂女のように、まるで何かを言おうとしながらも決心がつかないかのように、唇をたえず動かしているのか。

コルブリュンヌは何ひとつ答えることができなかった。平手打ちがあまりにも強烈だったので、彼女の頬は痛んだ。

さきほどの倍の激しさで彼女は泣きじゃくった。そして鼻を鳴らしながら、夫の腕の中に頭をうずめた。彼女はしゃくりあげ、泣き続けた。ジューンヌは妻の髪をなで続けた。そして彼女に言った。

「君は泣きすぎだ。君があまりにも泣いているから、僕は君をディーヴと呼ぶことにするよ。われわれの村を横切るあの川の名でこれから君を呼ぶことにしよう。その川の水はわれわれに果実を与え、われわれの馬に飲み水を与え、雌牛たちにも飲み水を与え、われわれが下着を洗い、その水でスープを作り、顔や手を洗い、そしてそこでは魚たちが一年中口をぱくぱくさせているのさ、まるで君が一日中そうしているようにね」

彼女は不意に後ずさりした。コルブリュンヌの顔は真っ青だった。涙は消えていた。彼女は腰から帯を外すと、それを彼に差し出した。

そして背筋を伸ばして、決心したようすで彼の前に立った。コルブリュンヌは言った。

「あなたを騙していました。自分が恥ずかしいわ。この帯はわたしのものではありません。わたしはそれを刺繍することができませんでした。だから策略を使ったのです。ある晩、刺繍ができずに泣きながら、わたしは部屋の蝋燭を真夜中に灯したままにしていました。すると、ひとりの領主が家の扉を叩いたのです。彼は家の柵に馬を繋ぎました。ゆったりとした白いケープを羽織っていました。その人がわたしにこの帯をくれたのです。そしてわたしは彼に約束しました。もしも一年経って、彼の名前を忘れていたら、わたしは彼のものになると。あれから九ヶ月以上が経ちました。名前など一体なんなのでしょう。ひとつの名前を覚えておく以上に簡単なことがあるかしら。帯という名前をどうやって忘れろと言うの？　愛という言葉を記憶に留めないことなどできて？　あなたの名を口にしながら、わたしは死んでいくでしょう。それなのに、あの名前だけは思い出せないの」

仕立屋は近づいて、帯を手に取って妻を腕に抱きしめた。

「泣かないでおくれ」と彼は言った。「僕は君を愛している。だから、僕がその名前を見つけてあげる。さもなければ、その領主を見つけ出すだけさ」

＊

翌日、日の出前にジューンヌは起きた。彼は身支度をととのえた。そしてコルブリュンヌに向かって、領主がどちらの方向に立ち去ったかを尋ねた。

「あっちよ」と彼女は答えた。

彼はその方向へと進んだ。彼は河床をたどった。森の中へ入った。木こりたちに尋ねた。雑木林を探索した。岩山を登った。

二日間歩き続けたあと、疲れ切った彼は切り株に腰を下ろした。彼は泣き始めた。すでに十ヶ月目の半分が過ぎ去っていた。すると突然、一匹の子ウサギが鼻面を上げて彼の前にいるのに気づいた。子ウサギは言った。

「なぜ泣いてるの？」

「白いケープを纏った領主さまを探しているのさ」

子ウサギは言った。

「ついておいで」

ジューンヌは立ち上がって、子ウサギを追いかけた。

子ウサギは苔の下に隠された巣穴へと彼を導いた。彼は四つん這いになった。穴の中に入った。地下を下った。そして別世界に着いた。夜のなかに輝く大きな白亜の城が見えた。城門の跳ね橋は下がっていた。彼は跳ね橋を渡った。

中庭では馬丁たちが馬の手入れをしていた。

四角い中庭の中心では、従者たちが黄金の四輪馬車を磨いていた。扉を掃除している者もいた。

ジューンヌは従者に近づいた。そしてうやうやしくこう尋ねた。

「どうして馬車を磨いていらっしゃるのでしょう、その理由をお尋ねしても？」

「ご主人様が近々地上に登られる、その準備をしているのです。旦那さまが妻にとご所望の、若い刺繍刺しの娘を迎えに行くために」

「やあ、みなさまが磨いていらっしゃる馬車は実に壮麗ですね」とジューンヌは言った。「でも、こんなに素晴らしい馬車をお持ちの領主さまが、同じように素晴らしいお名前をお持ちでないとは、一体どうしたことでしょう」

「いやいや本当に」と、彼らは言った。「これはまさしくヘドビック・デ・ヘルさまの馬車でね」

ジューンヌは身震いした。

「仕立屋ジューンヌがご挨拶申し上げる、とヘドビック・デ・ヘルに伝えておくれ」

そして、馬車を取り囲んでいた従者と馬丁ひとりひとりに彼はあいさつした。馬丁と従者たちも彼にあいさつを返した。

彼は城を去った。地獄《ヘル》から地上へと戻ったのである。ところで、ヘルとは、ノルマンディーにかつて住んでいた人々にとって地獄の名であったことを断っておこう。

さらに、この世のすべての住人にとって、地獄とはこの世の名前であるとも言っておかねばなるまい。

彼はウサギの巣穴から這い出た。空気のある場所に戻ってきた彼は、ディーヴの町まで走った。彼はヘドビック・デ・ヘルの名を反芻した。名前を忘れないように頭のなかで繰り返した。その名をちゃんと伝えること、それだけに没頭していた。

川に着いたとき、水面に浮かぶ家の像が彼の目に写った。彼は立ち止まった。ディーヴ川に漂う家の姿《イマージュ》を美しいと感じた。彼は橋の欄干に手を乗せた。そして、水の表面にきらめくその像をうっとりと眺めた。突然、彼は空腹を感じた。

体を起こしながら彼は例の名を繰り返そうとした。その名はそこ、彼のすぐ近くあって、舌の先まで出かかっていた。まるで靄のように彼の口の辺りに漂っていた。その名は彼の唇の端に近づいたり、遠ざかったりしていた。しかし、いざ妻にその名を告げる時になると、その名は彼のもとから消えてしまった。

＊

二日間、彼は休んだ。夫から引き離されるのが恐くて、夜になるとコルブリュンヌはジューンヌの腕のなかで震えた。十一ヶ月目になった。彼は出発した。川をたどり、森へ分け入った。だが、いくら苔の下を探しても巣穴は見つからなかった。地下の世界はどこか、と獣たちに尋ねても、獣たちは何も言わないか、逃げ去った。とうとう彼は森の奥深くに入りこんだ。森のはずれに出ると、そこには海が一面に広がっていた。

彼は疲れ果てていた。波が打ち寄せる、海面に突きだした岩の隅に彼は腰を下ろした。彼は泣き始めた。

すると、一匹の平目《ヒラメ》が水面にあらわれた。

「なぜ泣いてるの?」

小さな白波の間に浮かぶ平目を見つめて、ジューンヌは言った。

「白いケープを纏って、金の肩帯をつけた領主さまを探しているのさ」

海中へ潜りながら平目は言った。

「ついておいで」

彼は海に飛び込んだ。そして海底に着いた。海草でできた壁の背面には、暗がりにひときわ輝く白亜の城が見えた。城門の跳ね橋は下りていた。彼は跳ね橋を渡った。

中庭では、兵士たちが黒い軍馬に鞍を取り付けている最中だった。

四角い中庭の中心では、従者たちが馬車の中に緋色のクッションを並べていた。料理人たちがかぐわしい料理の数々と銀の食器と水差しを運んできて、馬車の扉の奥の車室に並べていた。

ジューンヌは料理人たちに近づいて、うやうやしくこう言った。

「どうして食べものを運び込んでいらっしゃるのでしょう、その理由をお尋ねしても？」

「ご主人様が地上に若い刺繍刺しをお迎えに行くための、そのご準備です。旅の道中にちょっとしたお食事を振る舞われたいと、ご主人様はお考えなのです」

「やあ、実にすばらしい匂いですね」とジューンヌは言った。「でも、こんなに見事な料理を作らせた領主さまが、同じように素晴らしいお名前をお持ちでないとは、一体どうしたことでしょう」

「いやいや本当に」と、彼らは言った。「これはまさしくヘドビック・デ・ヘルさまが毎日お召し上がりになるものなのです」

ジューンヌは舌なめずりをした。

「仕立屋ジューンヌがご挨拶申し上げる、とヘドビック・デ・ヘルに伝えておくれ」

そして、馬車を取り囲んでいた料理人ひとりひとりに彼はあいさつした。料理人と従者たちも彼にあいさつを返した。

彼は海の城をあとにした。海面を突き破った。岸辺で体をぶるぶると震わせた。海岸を抜けた。森へ分け入った。彼は走り、ヘドビック・デ・ヘルの名を繰り返した。その名をとどめておくために、頭の中で反芻した。その名をちゃんと伝えること、それだけに没頭していた。

彼は森を抜けた。森を出て、谷に入った。川をたどった。橋を越えた。橋の上まで来ると、彼の名を呼びながら駆け寄ってくる妻の姿が目に入った。穏やかな日だった。黄昏どきだった。妻は彼の名を大声で叫んでいた。妻の背後では太陽がまさに暮れようとしていた。ちょうどそのとき、落陽が妻の影を橋板の上に写し出し、その影が彼女の前に巨大な姿で伸び広がっていくのを彼は見た。彼は空腹だった。彼は疲れていた。彼の方に向かってせまり来るこの大きな影を前にして、彼は身動きひとつ取れなかった。

彼女を腕に抱き、例の名を見つけたかどうかと彼女に尋ねられたとき、彼はそれを妻に伝えようとはしたものの、すぐに言うことができなかった。名前は遠くに消えたわけではなく、すぐそこ、彼の近くにあって、舌の先まで出かかっていた。それは彼の口の辺りを影のように漂っていた。その名は彼の唇の端に近づいたり、遠ざかったりしていた。だが、いざ妻にその名を告げる時になると、その名は彼のもとから消えてしまった。

＊

二日間、彼は休んだ。コルブリュンヌは夜になっても床に就こうとはしなかった。彼女は家中をさまよっていた。例の名を見つけようと必死だった。彼女は恐怖に満たされていた。十二ヶ月目になった。彼は家を後にした。川をたどり、橋を越えた。森へと分け入ったが、子ウサギを見つけることはできなかった。彼は森を抜け出て、浜辺までやってきた。岩の先端まで行ってみたものの、彼に話しかけようとする魚は一匹もいなかった。遠くに半島と山が見えた。彼は山にたどり着いた。幾日も、さらに幾日もかけてその山を登った。

山の中腹まで来たとき、山腹があまりにも険しいために、もうそれ以上登ることはできなくなった。ふと指先を見ると、ジューンヌの指は血だらけだった。かつてはあれほど華奢だった仕立屋のこの指が、この先、果たして縫い物をすることなどできようか。針穴に糸を通すことすらもう無理なのではないだろうか。岩のせいで彼の指先は潰れ、血を流していた。彼は泣き始めた。

そのとき、一羽のノスリが彼のそばに留まった。

ノスリはゆっくりとその大きな翼を畳んで、彼に言った。

「なぜ泣いてるの？　岩肌になんかしがみついて」

ジューンヌは答えた。

「白いケープを纏って金の肩帯をつけ、立派な黒い駿馬に乗った領主さまを探しているのさ。

だけど、僕にはもうこれ以上登れない」

ノスリは言った。

「ついておいで」

「僕は跳べないよ」と仕立屋は答えた。

「跳べなくても大丈夫」ノスリは言った。「落っこちないように気をつければ」

「そんなことをして何になる」とジューンヌは言った。「どっちにしろ、妻が探している名前を忘れないでいることなど僕には不可能なのだから。だから、これから山を降りるよ」

「ついておいで。遠くはないから」とノスリは反論した。「山の裂け目を見せてあげる」

事実、そこは遠くなかった。ノスリはひらひらと舞っていた。ジューンヌは岩にしがみつきながらノスリを追いかけた。ノスリは翼を大きく広げて、山の裂け目を見せてくれた。

彼は山の内部へと降りていった。幾日もかかった。すると深い穴の底にある深淵の彼方に、光り輝く白亜の大きな城が見えた。彼は膝を突いて落下した。そして膝をなでながら、降りていた城の跳ね橋を渡った。

中庭では、騎士たちが鞍に乗ろうとしている最中だった。

城の四角い中庭の中心では、黄金の馬車の屋根に四人の兵士が登り、武器を振りかざしていた。

ジューンヌは兵士たちに近づいて、うやうやしくこう言った。

「空っぽの馬車の上に乗って、武器を磨いていらっしゃるのはなぜでございますか。その理由をお尋ねしても？」

「若い刺繍刺しの娘を地上までを迎えに行くため、ご主人様がほどなく到着なさいます。われらはご主人様をお守りするための準備をしているのです」

「やあ、これは実にどの武器にも勝る比類ない輝きを放っておりますね」とジューンヌは言った。「でも、こんなにピカピカの武器をお持ちのお方が、同じように輝かしいお名前をお持ちでないとは、一体どうしたことでしょう」

「いやいや本当に」と、彼らは言った。「これはすべてヘドビック・デ・ヘルさまのものです。さあ、道をあけてください。もう出発の時間ですから」

ジューンヌは振り向きざまにこう叫びながら、走りだした。

「仕立屋ジューンヌがご挨拶申し上げる、とヘドビック・デ・ヘルに伝えておくれ」

彼は走った。まるで野生ヤギのように岩山をよじ登った。そして地獄《ヘル》から這いあがった。彼は走った。ヘドビック・デ・ヘルの名前を繰り返した。その名をとどめておくために、頭の中で反芻した。その名をちゃんと伝えること、それだけに没頭していた。

＊

ディーヴではコルブリュンヌがジューンヌを待ちかねていた。彼女はやせ細っていた。忘れられた名前を探し続けていた。彼女は身を震わせていた。運命の日が三日後に迫っているというのに、ジューンヌの帰還はまだだったのだ。心の奥底まで探してみたものの、探し求める名を思い出すことが彼女にはできなかった。ジューンヌと引き裂かれる恐怖のあまり、彼女は血の汗を流していた。彼女は腰掛けの上に乗った。そして梁に架かっているジューンヌの二本の剣のうちの一本を握った。領主が彼女を娶ることを望んでいなかったのだ。彼女はジューンヌだけのものでいたかった。

＊

彼はその名前を繰り返していた。十二ヶ月と二十九日目になった。岩から岩へと跳び越えながら、ジューンヌは山を下り続けた。砂浜に出た。彼は走った。海岸線をたどって森まで来た。十二ヶ月と三十日目になった。彼は走った。森に入り、森を横切った。十二ヶ月と三十一日目になった。夜が落ちていた。夜の十一時だった。彼は走った。橋を越えた。川の水が映し出すような影はそこにはなく、たとえあったとしても、それはすぐさま闇の中に消え去っていた。彼は入り口の扉を押し開いたが、恐怖で血の汗を流している妻の姿は目に入らなかった。彼女は手に剣を握り、彼に背を向けていたのだ。彼女は炉床の前に座っていた。剣の刃先は床に触れていた。

彼は叫んだ。

「ヘドビック・デ・ヘル、それが領主さまの名だ」

こう言うなり、彼は床に倒れた。コルブリュンヌは振り返った。コルブリュンヌが立ち上がったとき、真夜中を告げる最初の鐘が鳴りはじめ、突然に起こった風で玄関が開き、領主ヘルが扉の枠の中にその姿をあらわした。大きな純白のケープの下に立派な衣装を身につけ、肩から腰にかけて金の肩帯が巻かれていた。彼の後ろには、夜を背景に光輝く黄金の馬車が見えた。

領主はにっこりしながら歩み寄った。そしてコルブリュンヌの手を取ろうとした。彼女は手を引っ込めて、深々とお辞儀をしながらこう言った。

「領主さま、なぜわたしの手をお取りになるのです？」

「わしの名を覚えているだろうね、コルブリュンヌ」

「もちろんですとも。あなたのお名前はちゃんと覚えておりますわ。善を施してくださったお方の名前を忘れる女など、そうはいませんもの」

「ではわしの名前は何だ？」領主は尋ねた。

「わたしの舌があなたさまのお名前を運んでくるまで、ほんの少しお待ちください。わたしの唇がその名を言うまで、ほんの少しお待ちください」

「さあ、わしの名前は？」領主は叫んだ。

コルブリュンヌは微笑みながら静かに言った。

「ヘドビック・デ・ヘル、それがあなたさまの名前です、領主さま」

その瞬間、領主は大きな叫び声を上げた。すべてが暗転した。この物語を語りながらわたしが吹き消したこの蝋燭のように、すべてが消え去った。

言葉を話す人間はみな、光を消し去る。

そして、夜の中を駆け抜けてゆく蹄の音だけが聞こえたのだった。

＊

コルブリュンヌが勇気を振り絞ってふたたび目を開いたときには、もう馬車はなかった。

気を失ったジューンヌの体のそばに横たわって、コルブリュンヌは彼の唇に接吻した。

今日《こんにち》もまだそうあり続けているように、夜はひたすら暗く、コルブリュンヌは火打ち石を擦って蝋燭に火を灯さねばならなかった。蝋燭の光のそばにジューンヌの顔が照らし出され、その顔に向かって髪と顔を傾けながら、コルブリュンヌは唇を差し出した。その顔は静かに息をしていた。

*

ジューンヌはやせ細っていた。空腹でお腹が鳴っていた。コルブリュンヌは蝋燭を手にひざまずいた。

Oramus ergo te, Domine : ut cerreus iste in honorem tui Nominis consecratus, ad noctis hujus caliginem destruendam, indeficiens perseveret.（神よ、あなたに祈りを捧げましょう。あなたの名の思い出に灯されたこの蝋燭が消えることなく燃え続け、この夜の闇を晴らしてくださいますように。）

ジューンヌは目覚めた。彼は弱っていた。顔は蒼白だった。コルブリュンヌは彼の手を取って、体を起こす手助けをした。ふたりは灯された蝋燭の前にひざまずいた。そして祈りを捧げた。

Oramus ergo te, Domine : ut cerreus iste in honorem tui Nominis consecratus, ad noctis hujus caliginem destruendam, indeficiens perseveret.（神よ、あなたに祈りを捧げましょう。あなたの名の思い出に灯されたこの蝋燭が消えることなく燃え続け、この夜の闇を晴らしてくれますように。）

しばらくふたりは身震いしたが、それも一瞬のことで、その後の一生をふたりは幸せに過ごした。彼らの子どもたちと、彼らの子どもたちの子どもたちは増え続けた。そしてついにふたりは死んだ。一台のテーブル、一本の蝋燭、一本の糸、動物の羊毛から糸を紡ぎ出すための糸車、糸を丸く纏めるための錘、そしてそれを語るためのわたしの声を遺して。

エテルリュードとウォルフラム

1

大きなカーブを描く道の先から農園が見下ろせる。その手前には広い林檎園。夥しい数の光り輝く小さな薔薇色の林檎の花の上には、五月の太陽のとりわけ透明で柔らかでうつろいやすく、まばゆい光が降り注いでいる。雛鶏や七面鳥たちは湿った野原を駆け回っている。一匹の犬が近づいてくる。犬が吠える。犬の吠え声のあとには沈黙が戻ってくるかにみえて、クワックワッという雛鶏のかすかな鳴き声や、鳥や小鳥たちのさえずりによる一種の調べが聞こえている。

それから、人間の声とおぼしき、より低いつぶやき声がぼんやりと聞こえてくる。人はこう思うかもしれない。「おやおや、この辺りでは何かが言葉の形をなしてざわめいている」そこでは、晴れ着姿の四人の男たちの粗くざらついた分厚い洗いざらしの青い生地が光をいっぱいに吸い込み、髭を剃った滑らかな頬も彼らの靴と同じように輝いている。大ぶりの動作で意気揚々と話す男たちの姿は徐々に遠ざかっていく。そのはるか先を女たちが歩いている。教会の鐘が鳴る。

2

最初に甘酸っぱい林檎と家畜小屋の匂い。背の高いのっぽのブナの林を通り抜ける。ひんやりと薄暗い世界を横切っていく。

わずかに青みがかって、霞んだような白い空、ずっと遠くにあるように見える、木の枝に縁取られた深い空。

腐った落ち葉、

黒ラッパ茸、

イグチ、
苔むした幹の側面、
葉むらに漏れ入るかすかな光線。
不意に森の外に出る。森のはずれの境界と、信じがたい自由。自由に特有の、信じがたいほどのまばゆさ。より一層熱を帯びた太陽の層の中にふと入り込む。広い畑の隅にある黒い扉の近くにひとりの若い娘の姿が見える。石のベンチに腰掛けて、唇を結び、小声で鼻歌を歌いながら、縫い物か刺繍をしている輝く金髪の娘の姿が。

3

遠くに彼女の姿が見える。遠くにみえるその娘は小指の端ほどの大きさの小人のようで、ミラベルの実の種よりほんの少し大きいだけだ。娘は縫いものをしている。あるいは刺繍だろうか。農園の戸口近くに座っている、動かないひとつの小さな顔。冷たい石のベンチ。ベンチより生温い、狭い芝生。熱を帯びた光。小さな石のベンチの近くには柘植の木がある。娘は白い厚布で作られた、ゆったりした洋服を纏っていた。彼女はある名前をハンカチーフに刺繍していた。その作業に没頭していた。額には皺が浮かんでいる。ときどき上唇を噛んでいた。年は十六か十七だろう。太陽の光がときおり差し込むと、光の反射で鋏が光った。娘は両足をわずかに開いて座っていた。両太腿の間にぴんと張った服の窪み部分に鋏が置かれていて、娘が鋏を戻すたび、鋏は白い布地の上で弱々しい光を放っていた。

生温い風が林檎の木の枝をときおり揺らす。葉むらの間で風が遊んでいる。その瞬間、まるで光の花びらを撒き散らしたかのように、娘の顔はとつぜん輝いた。

4

娘は目を伏せる。首をかしげる。手はひとりでに動いている。娘はほっそりと背が高く、華奢で美しい。その手は不可思議な妙技を見せるかのようだ。途切れることのない一本の糸が、微細で抗しがたい動きとなってその手を追う。糸は縛り付けられながら、布地に編み込まれていく。糸ははっきりとした形をなし、まるで着飾った飾り文字の姿か、隠された何かか、名づける何かか、つまり理解不可能な文字か、あるいはまた、ある名前の頭文字をあらわす模様《モティーフ》の膨らみをなすかのようにして、神秘的なかたちを作りあげる。ときおり、針がわずかに指貫に触れると、留め金がひときわ奇妙な音を立てる。驚くべき光景。その音は人を苛立たせるかもしれない。槌で打つようなこの小さな響きは人を不安がらせるかもしれない。

5

糸や針や鋏や布きれの秘密を知らぬ者にとっては到底察知しがたい、空気を震わせるこのかすかな歌声に、刺繍する娘たちは耳を傾ける。彼女たちの指が針をすべらせ、リズムらしきものを刻みながら小さく拍子を取っているそのあいだ、刺繍刺しの女たちは、まるでこの神秘の歌を聴くために常に頭を傾げているようにみえる。誰も知らないその歌に合わせて聞こえる、かちかちと響くこの小さな拍子は、ある意味、歌の存在を仮定し、保証することのできるただひとつの具体的な状況でもある。歩哨や覗き魔や摂政、そして神ですら、集中力という点からいえば、刺繍刺しの娘たちの耳はおろか、彼女たちの目にすら——たとえその目が裁縫する手に視線を落としているようにみえるとしても——かなわない。彼女たちの注意を免れるものなど、何ひとつなかった。思考だって宙に運ばれていく。それは、ほんのささいな物音や声、かすかな香りや匂い、わずかの光や影ですら捕らえ、糸で巻き付けて存在を見せつける蜘蛛の巣のようなものだ。音や光や香りの種子たちですら小蝿のような存在で、空気中で完全に消失するわけではない。すべて揺らめきながら空中を運ばれていく。しかし、まるでまどろんでいるかのようなその姿とは裏腹に、刺繍刺しの娘は待ち伏せをしている肉食動物と同じなのだ。あるいは、獲物を待ち構えるオニグモに。敵を麻痺させることはあっても、すぐに殺しはしない。敵に喰らいつくまでは、彫像のように不動のまま根気強くいつまでも待ち続ける。心臓の鼓動、昔ながらの動作、カーテンの揺れ、恥辱、人目を忍ぶ行為、出来あがる前に漂ってくる料理の匂い、タイル床の上を滑るスリッパの音、残酷さ、庭の花々や芝の匂い、扉がきしむ音――、空気中を進んでゆくこうした不可視の痕跡を、頭を上げない分より一層鮮烈に彼女は感じ取る。

6

そこから数里はなれた場所に、ウォルフラムは住んでいた。彼は日曜のたびにやって来た。ミサの間、若い刺繍刺しの娘がたったひとりで玄関先にいることに、気づいていたのである。五月のある日曜日、彼は娘に近づいた。刺繍刺しの娘の名はエテルリュードと言った。ウォルフラムは娘から数歩離れて立ち止まった。そして彼は立ったまま娘に言った。

「やあ、エテルリュード」

娘は目を伏せた。しばらく話をしてもいいかと彼はたずねた。娘は答えなかった。すると、娘にさらに近づき、こう尋ねた。

「エテルリュード、いったい何時間、いや何日、いや何年前から君は刺繍をしているの？」

エテルリュードは顔を赤らめて、前より一層頭を垂れた。唇は震えこそすれ、エテルリュードは黙ったままだった。どう答えたらよいのか分からなかったのだ。

7

次の日曜日、ウォルフラムはまたやって来て同じ質問をした。エテルリュードは顔を真っ赤に染めたものの、どう答えればよいのか分からないままだった。彼女は頭を垂れた。そして裁縫の手を止めた。右手に持った針は宙に浮いたまま、左手の鋏は洋服の窪みに置かれていた。必死になって言うべき言葉を探したが、無駄だった。彼女は顔を一層赤らめた。口はぼんやり開かれたままだった。ある晩、娘は祖母の寝室へ上がった。そして祖母の枕元に座り、薄暗がりの部屋の中で、声を限りにして――祖母はつんぼだったので――エテルリュードは言った。

「二週間前からウォルフラムはわたしに聞くの。何時間、何日、何年前からわたしが刺繍しているのか、って。どう答えていいのかわからないわ。黙るより仕方ない。それ以来、夜も眠れないの。言うべき言葉も見つからないし、そもそも思い出すこともできない。時間を数えることも、日々を数えることもできない」

長い間、祖母はだまっていた。そして叫んだ。

「エテルリュードよ、よくお聞き。ウォルフラムが今度やってきて同じ質問をしたら、こう答えなさい。今、わたしが話しているこの瞬間、空にはいくつ星があり、川には何匹魚がいて、野原には何本の花があるか教えて、と」

8

次の日曜日、ウォルフラムはブナの林を抜け、広い畑を越えて、ミサを告げる鐘が鳴った直後に石造りの玄関までやって来た。そしてエテルリュードから数歩の距離で立ち止まった。彼女は顔を伏せていた。手はわずかに震えていた。裁縫はしていなかった。宙に浮いた針を右手に持ち、左手の鋏は洋服の窪みに置かれていた。ウォルフラムは娘に言った。

「エテルリュード、いったい何時間、いや何日、いや何年前から君は刺繍をしているの?」

エテルリュードはとっさに頭を上げた。一条の陽光が彼女の顔を照らした。

息もつかずに彼女はこう答えた。

「ウォルフラム、今、わたしが話しているこの瞬間、空にはいくつ星があって、川には何匹の鯉やハゼがいて、野原には何本のヒナギクが咲いているか教えて」

ウォルフラムの顔は青ざめた。しばらく沈黙したあとで、彼は言った。

「もっと難しい質問があるよ、エテルリュード」

エテルリュードはますます頭を垂れた。ウォルフラムは彼女に近づいて言った。

「エテルリュード、なぜこの世で清潔なものと穢れたものは区別されているのかい?」

エテルリュードは顔を赤らめ、前より一層頭を垂れた。唇は震えこそすれ、エテルリュードは黙ったままだった。ウォルフラムは身動きせずに口をつぐんで待っていた。それから藪を通って立ち去った。それから二日後の晩、涙を浮かべたエテルリュードが祖母の寝室に上がり、声を限りに叫んだ。

「清潔なものと穢れたものはなぜ人間の世界では別々なのか、とウォルフラムは聞くの」彼女は叫びながら祖母にたずねた。「わたしには答えられない。何を言ったらいいのか分からないもの。もう夜も眠れない」と言い足した。そして祖母のベッドまで駆け寄った。彼女は叫んでいた。そして、すすり泣きながら祖母の枕元に跪いた。

祖母は一時間ちかく黙っていた。そしてこう叫んだ。

「エテルリュードよ、よくお聞き。ウォルフラムが今度やってきて同じ質問をしたら、お前はこう答えなさい。じゃあ、なぜ欲望と恐れは決して別々にされなかったのか、その理由を教えて、と」

9

次の日曜日、ウォルフラムはミサを告げる鐘が鳴った直後、ブナの林を抜けて、果樹園を越え、玄関先までたどり着き、エテルリュードから数歩の距離で立ち止まった。彼女は顔を伏せていた。その手は震えていた。裁縫もせず、右手には宙に浮いたままの針を持ち、左手の鋏は洋服の窪みに置かれていた。ウォルフラムは小声で彼女にたずねた。

「エテルリュード、なぜこの世ではあるとき清潔なものと穢れたものが区別されたのかい」

エテルリュードは不意に顔を上げて、声を荒げることなくこう答えた。

「ウォルフラム、なぜ欲望や羨望、恐れ、不安は決して――決して決して――別にされることがなかったの？」

ウォルフラムの顔は急に真っ青になった。その顔は霧のようなものに覆われた。一条の陽光が射して、彼の鼻と右目を照らし出した。影の中で彼の鼻筋が光った。ウォルフラムはしばし沈黙した。そして続けた。

「もっと難しい質問があるよ、エテルリュード」

エテルリュードは小刻みに身を震わせ、一気に肩を落とした。その瞬間、エテルリュードの頭が揺れ動いた。ウォルフラムは彼女に近づいた。ウォルフラムは身を屈めて、彼女に囁きかけた。「エテルリュード、なぜ人は誰しも、みなと同じようにもっているものを恥じるのだろう」エテルリュードは縫い針を置いて顔を赤らめ、頭を垂れたが、どう答えるべきかわからなかった。それから、彼女は静かに泣きはじめた。そのとき、ようやくウォルフラムは柘植の茂みを回って立ち去った。

10

その夜のうちにエテルリュードは祖母の部屋にいた。彼女の髪は乱れていた。目の下にはくまができ、目は落ちくぼんでいた。瞼は赤く腫れ上がっていた。彼女はベッドの端に近づいて、声を限りに叫んだ。

「なぜ人は誰しも、みなと同じようにもっているものを恥じるのか、とウォルフラムは聞くの。わたしには答えが見つけられない。もうこれ以上、こんな状態で生きられないわ」エテルリュードは叫んだ。そして部屋の隅に座り込んで、体を丸く縮めた。三時間の間、祖母は一言も言わなかった。四時間目をすぎると、ベッドの中で体を動かしながらたいして意味もない切れ切れの言葉をつぶやいた。そして五時間が経ったとき、ようやく祖母はエテルリュードを呼んで言った。

「今度はわたしが黙る番だね。もうこんなに年寄りだから、そりゃいろいろと学ぶ時間もあったが、それを忘れる時間もあったのさ。その質問に対抗できる質問はわたしにはない。でも、お前はこうするがよかろう」そして耳元で何かを囁いた。エテルリュードは吹き出した。ふたりは大笑いした。エテルリュードは祖母を抱きしめた。両手を打ち鳴らした。祖母の頬を接吻で埋め尽くした。そしてランプの灯心に火をともしに行った。ランプの炎は、朱に染まった光をふたりの頬骨と額の上に投げかけていた。ふたりの顔は喜びに満ちていた。

11

次の日曜日、ミサを告げる鐘が鳴ったあと、ウォルフラムはブナの林を抜けた。ウォルフラムは広い畑を越えた。ウォルフラムは石造りの玄関までやって来た。彼はエテルリュードからあと一歩の距離で立ち止まった。エテルリュードは少しだけうつむいていた。手は震えていなかった。彼が近づいても彼女は縫い物の手をとめず、右手で針を追い、左手で鋏を握りしめていた。彼女の髪の中と鼻孔の上で陽光が踊っていた。

エテルリュードは小さな笑いの発作をぐっと抑えた。ウォルフラムはくぐもった声で彼女にたずねた。

「エテルリュード、なぜ人は誰しも、みなと同じようにもっているものを恥じるのか、教えておくれ」

エテルリュードは黙っていた。

ウォルフラムはエテルリュードに近づいた。彼は両手を伸ばした。そして、彼の手が彼女の乳房に触れたそのとき、エテルリュードはウォルフラムの左耳に針を、右耳に鋏を思いきり突き刺した。叫び声をあげながら彼は後ずさりした。そのときだ、彼の正面に立って娘が話しはじめたのは。彼は両耳を手で押さえていた。彼女は意気揚々として、長い間、彼に話し続けていた。そして彼女の質問に対して彼がなし得たこと、彼女が出す謎が増えつづけるにしたがって彼になし得たことはただひとつ、痛みのあまり小さな呻き声をあげることだけだった。

死色の顔をした子ども

1

わたしはあのお屋敷の秘密を暴こうと思う。もちろん、嘘は一切つかないと誓おう。わたし自身が知りえたことを忠実に報告するつもりだ。それがわたしの手で確認した事柄や、裏が取れた言葉であった場合には、必要に応じてその度に読者にお断りする。その一方で、わたし自身では調べようもない古い出所のものや、それらを言い出した人々の間ですでに議論の的になったことが分かっているもの、あるいはまた、復讐心や悪意から発せられたり、一度撤回されたり反駁されたりしたものや、根拠のない怒りを誘いかねないような怪しい事実関係については、あくまでも慎重にお伝えしよう。

2

奇怪にみえる出来事を暴くのは、なにも誰かを困らようとしてのことではない。わたし自身にも関わりがあり、血縁によっても繋がりのあるあのお屋敷の信用を損なおうとしているわけでもない。過去の恐怖の思い出を永遠に蒸し返すつもりもない。そのまったく逆だ。素晴らしいこの土地、深いこの森、美しいこの山々に誤ってかけられた呪いの根を絶つため、わたしはこの疑わしい沈黙を破る。かつて富と寛大さを誇ったこの土地に今なお理由《わけ》なく着せられた悪評判に金輪際けりをつけるために、わたしは語る。過ぎ去った出来事に真実をもたらし、光を当てるため、わたしは口を開く。

3

さて、確かなことは、――この言葉を書き付けている今日という日とあの日のあいだには、二十七年とひと月と十一日の歳月が横たわっているということだ。あの夏至の日、屋敷の主人が出征の命を受けた日だ。祝宴のあいだ、主人は友人たちを歓待した。もう二度と戻らない人がするように、彼は友人を出迎えた。

4

出発の前夜、彼は財産と遺言書と帳簿を整理した。夜の終わりには、二度と会えない女にたいしてするように妻を愛した。太陽が昇る前の、空が少しずつ白み始めた頃、闇と霧の中、彼は荷を携えた。そして、まだ子どもだった頃、冬の終わりのある日に彼が植えた一本のオリーヴの木を見上げるために、彼は屋敷の入り口でふと立ち止まった。右手でその葉を一枚摘み取ると、次第に白みはじめてはいるもののまだほの暗い茶色の空に、その葉はくっきりと映えた。葉を手から放すと、大気の中の、蒸気と霧に溶け込んだ暁の像が作り出すとてつもなく大きな影のなかで、その葉はしばらく円を描いた。彼は旅立った。

5

西方の、巨大な冷たい森へと彼を導く道の途中で、彼は一瞬、後ろを振り返った。そして太陽が昇るのを眺めた。そして歩き続けた。

二週間、歩いた。

6

マッシリアの植民都市からほど近い錨地の東側で、彼は歩兵隊に合流した。それから十五ヶ月後、母親の友人の次男で生地の卸商人をしていた親類のひとりが、市場に行こうとして、アルプス山脈の南側のガリア国ブルディガラの門前で偶然、彼に出くわした。ある冬の晩に、ロトマグス近郊の城壁わきの堀の中で彼の姿が目撃されたのも知られている。その拳には、引きちぎられた、おそらくは女のものであろう、まだ血のしたたる舌が握られていたという。聞くところによると、彼は血気盛んに、おそらくは大胆不敵にも、ゲルマニアの森でローマ部隊の最前線に立ち、北方の外寇相手に闘った。鉄床で煙を上げる鉄を鍛冶屋が打つその響きよりもはるかにかすれた侵略者たちの言葉は、より活き活きと空気に震えていた。

7

主は消息を絶った。便りを受け取った者もいなかった。みな彼の帰りを待った。宵に野獣がうろつき回り、風が塀に叩きつけられるとき、あるいは、生のぬくもりや流血、生身の肉体に煩わされた死者の魂が出没して辺りをさまよい歩くときなどには、時折彼が戻って来る音がしたような気がした。こうした物音は彼の帰還を告げる合図なのだと、人々は長い間、信じていた。だが、仮にこうした物音が本当に聞こえたとして、それを聞き付け最初は不在者の帰還を祈り望んだ者たちも、やがて勝手自由に解釈して夢を見ていただけだと思うようになった。少しずつ、みなが彼の不在に慣れていった。ただし子どもだけは別だった。

8

というのも、出発前に彼が息子をそばに呼んだことは知られているからだ。そのとき父が子どもにこう語ったのだと、請け合う者すらいる。「わが子よ、わたしの帰りを待ってはいけない。人の言いつけをいつも守りなさい。偶然に従うのだ。そして答えるのは稀にしなさい。ただし、してはいけないことをひとつだけ言いつけておく。決して本を読むではないぞ。わたしはお前にこの戒めを残していこう。それだけで宝ほどの価値があることなのだ。わたしも父から受け継いだのだ。わたしの父の父もまた、その父親からそれを受け継いだ。神秘的で絶対的、そして重大な秘密として、この禁止をお前の心の奥にしまっておくがよい。この秘密こそがわれわれの顔を輝かせるもの。われわれの瞳を輝かせるもの。もしもわたしが戻ることがあれば、そのときお前に秘密の意味を明かそう。だが、今はわたしの帰りを待つな。そして本を開くではない」

9

子どもは寡黙だった。母親の命令にときどき従った。彼は本を読まなかった。父の帰宅を待ちもしなかった。

10

だが、子どもは成長した。

ほかの子どもと同じように数を習い、読み書きを学んだ。アルファベットを覚えた彼は、道路の境にある背の高い石や壁、墓石に刻まれた文字の意味を解読した。

ほかの子どもと同じように彼は思い悩んだ。薄暗い部屋の隅で沈黙の中に引き籠もった彼は、不安と恐怖、そして幸福への欲求を知った。非難や辱め、束縛や嘲弄、打擲にも黙って耐えた。半ば野蛮ながらもいくばくかの自尊心と感情を含んでいて、彼にとっては一種の個性にすらみえる、怒りに彩られた無言状態の中に閉じこもった彼はそのとき、耐えがたい喜びと同時に我慢しがたい悲嘆を味わったのではなかろうか。喜びというのはつまり、秘められた感情が込み上げるときのイメージや、輝かしい報復のもくろみ、彼自身が非凡で寡黙な英雄となって果たす比類なき復讐の夢、そういったものを自分の心だけにしまっておくことができるという意味での喜びのことだ。苦悩というのはつまり、彼が状況に応じて作り出し、おそらくは想像にすぎないとはいえ、それを他人と共有しようとはしなかったがゆえに彼自身の中に積み上げられていった重罪や汚点、苦痛などが心のなかに鬱積したという意味での苦しみだ。想像力は彼を孤立させ、孤独のうちに放擲し、突然襲いかかって彼を困惑させるような漠として際限のない恐怖の餌食としたのである。殺戮された獣を見ておののく孤児のようなそうした姿の彼は、あたかも父の不在を悔やんでいるかのようにみえた、と人は語った。

11

この瞬間《とき》から、子どもは父の帰還を待ちわびているようにみえた。父を見つけるために世界を知りたいと望んだのだろう、とみなは推測した。彼は学びたいと願った。だから本を読む必要があった。みなの意見では、出立前に父によって言い渡されたただひとつの禁止を忘れたというわけでは決してなく、むしろそれを故意に侵すことによって、あらゆる書物を読もうと彼は望んだのだった。

12

子どもの性格の激変ぶりに最初、母親は驚いた、そう誰もが断言する。彼はもはや部屋の隅に引きこもってもいなければ、半開きの扉の奥の暗がりや石段の下のくぼみ、畑を囲む石垣が作る、不確かで無数の隠れ場の奥にうずくまってもいなかった。彼らが主張するには、息子がひとつのことにこれほどの情熱を注ぎ、彼女には理解できないギリシアや東洋のことばで書かれた書物の読書に没頭していることに、母は幸せを感じていた。こんなにも激しい探究心がわが子に生じるのを見て、やがて母親は息子が畑仕事や食事、休眠をおざなりにすることを黙認した、とも彼らは語った。母親が自分の夢想を打ち明けることすらあったということだ。そのとき彼女はこう言ったにちがいない。息子が次々に高名な弁論家、ローマ帝国行政官、徴税人、文法家になっていくのを夢で見た、と。息子がもたらした喜びをあけすけに表すことはしなかったものの、母は彼に多くの書物を買い与えた、と誰もが指摘した。

13

ところで、際限なく読書に没頭し、倦むことなく巻物を広げつづけ、そこから第三の海よりもはるかに広大で、人が知る世界の広さを越えた空間がひろがっていくにつれて、また、おそらく、壁の凹みにずらりと並んだ巻物がまるで墓石のように並べられていくに従って、子どもはさらなる変貌を遂げたに違いないだろう。とはいえ、魔法じみた不可思議な変化という意味ではまったくない。彼が痩せこけたという点では、みなの意見が一致している。体の骨は縮んだように見え、虚弱な体つきになった。呼吸は荒く、不規則になった。急にしゃがれ声になった。彼の瞳から輝きが消えた。だが、とりわけ彼の変貌が止んだとき、その顔が死人の色になったと人々は主張する。事実、周囲で彼に近づいた屋敷の者はすべて、ただひとり彼の母親を除いては、みな死んでいった。

14

こうした変化とともに、その顔に漂う不思議な力が彼に備わっていったと、当時、多くの人々が主張した。そうとはいっても、その昔、民によって石打ちに遭った獣の寓話、すなわち降り注ぐ石の雨の下に葬られた怪物ゴルゴン〔ギリシア神話に登場する、髪の毛の代わりに蛇が生えている怪物。ヘシオドスでは、ゴルゴンは、ステンノー、エウリュアレー、メデューサからなる三姉妹とされる〕と、ゴルゴンの死後に忌まわしくも畏れられた場所となった伝説の物語とまったく同じというわけではなかった。そもそも、子どもの視線は正面から見つめた者を石に変えはしなかった。だが、その顔の近くでしばらく過ごした者は、少しずつ死の世界に引き込まれていった、と人々は言っていた。まるで収穫後の黄金色の立ち藁が灰色になるように、体が青白くなっていったのだ、と言い張る者がいた。まるで太陽の下のひと握りの雪のように、その者の肉は衰えていったのだ、と。まるでなくなりかけの灯心の周りに残った炎の最後のゆらめきのように、そのとき瞳は輝きを失っていったのだ、と。ひとしずくの雨が残した道筋ほどの意味ももたずに、命が消えていったのだ、と。そして、命があった場所には死体しかなくなった、というまことしやかな噂が流れた。

わたしが用いている比喩の数々は、この死への変容を表現するために証人たちが使った比喩そのままである。

15

自分の子どもが怪物になったことを理解したときに、母親がみなの視線から彼を隠そうしたという事実を、幾人かは遠回しに語った。だからあのとき、彼女はたくさんの奴隷を取り替えて、新たに小作人たちを雇ったのだ、と彼らは説明する。それは他人が子どもの体と接触するのを避けるためだった。彼らが死の顔に気づくことのないように、母親は新しい鳩舎塔を建てさせた。噂を信用するならば、読書と勉学にたいする息子の熱心な嗜好を口実に、また、病弱な体と猜疑心の強い性格のせいで母親以外の他人が彼に仕えることはできないという口実を盾に、彼女は古塔のてっぺんの部屋に子どもを隔離することに成功した。そして、子どもを閉じ込めた部屋に鍵をかけ、その鍵を自分の腰にぶらさげておいたに違いなかった。事実、塔に近づく者全員に彼女は沈黙を課したが、その場所は屋敷の母屋からも周囲の農場からも離れており、みな彼女の支配下にあった。というのも、戦時の義務とみなされた期間を越えてもなお父親の不在が長引いているという事実が露呈し、彼女ひとりで領地全体を管理することが不可能だと分かった時点で、小作人に畑を分地し、果樹木つきの農地を貸し出した後でさえも、母親は昔ながらの権利を放棄しはしなかったからである。

16

こうして、死の顔をもつ子どもは生きた。

古びた塔のてっぺんでの隠遁生活を受け入れさせるため、母親は息子に本を与え続けたに違いない、と人々は仄めかした。

誰ひとり彼の姿を見た者はいなかった、というのは本当だ。

領地の周りに暮らす住民の数よりもはるかに多くの書物に囲まれた古塔の孤独な子どもが、ほかの子どもたちにとって恐怖の的であったことも間違いない。

与えられた命令を召使いたちがおそるおそる受け取っていた、というのも事実であろう。塔に近づく者は誰ひとりいなかった。それも確かなことだ。葡萄の取り入れや収穫期にパンと雇い口を求めてやって来た異邦人や放浪者ですら、土地が彼らに及ぼすかにみえる畏敬の念を口にした。時折、恐怖のパニックに襲われて、彼らが大股で急ぎ逃げ去るのを見た、と主張する者も幾人かいた。別の証言によると、まるで神のご加護によって身の危険から遠ざけられたかのように、あるいはまた、無数の本に埋もれて生きる、塔に囚われたあの死の顔をもつ生き物、恐ろしい力をもつと言われるあの怪物にあたかも空気中で遭遇したといわんばかりに、彼らは塔から遠く離れた場所を通り過ぎたということだ。

17

母が不幸に見えたという事実についても、それが真実だと認めるべきだろう。実際、夫のことを考えたとき、彼女は不幸だったに違いない。そしておそらくは一人息子のことを考えたときも、彼女は不幸だった。そして、主人たちに次から次へと見捨てられた領地のことを考えたときにも、相続人の不在と遺棄の悲惨を悲しむ権利が彼女にはたしかにあったのだ。こうした事情が彼女自身の口から語られたある日、いつ終わるとも知れぬ父親の不在が屋敷に取り憑き、「死の魔力とその運命をつかさどる怪物」を自分の屋敷に住まわせていることを悟った母親は、苦々しさを込めて「死ぬことなく不在のままの夫をもつ寡婦よりも、ずっと自分は惨めだ」と激しく叫んだはずだ、そう主張する者もいた。そして「死色の顔をもつ子どもを産んだ石女よりも、ずっと自分は惨めな存在だ」、と。

18

屋敷にまつわる話《クロニック》をここにわたしは書き留めている。民衆たちの嘆きもここに書き写す。だが、たとえそうしたところで、書き記した事実をこの場を借りて裁定しようなどとは考えていないし、すでに死んだりいなくなったりした人たちにとって不利になるような証拠を集めたり、誠実な人々を告発しようなどとも考えてはいない。神託を告げるつもりはないが、だからといって、せめてこれから語る出来事について何らかの確証を与えたいなどとも願ってはいない。なぜなら、これから語る物語もまた、おそらくは無意味な言葉やくだらない噂話、小声で伝えられたうわさや恐れによって生み出された亡霊か空疎な生き物にすぎないからだ。それらは形もなくすぐさま壊れ去るもの、口元に耳打ちされて二重となり、口元から耳へともたらされることで物語になるものにすぎず、しょせん囁きやつぶやき、恐れや中途半端な沈黙によってあいまいになった言葉にすぎないのだから。

19

人々が語るには、結婚する年頃になったとき、死色の顔の子どもは母にこう告げた。

「お母さん、わたしもみなと同じに妻を娶りたい」

彼らによると、不幸だった母はより一層悲しんだ。明言を避けつつ人々が伝えることには、母は子にこう言い聞かせた。

「息子よ、どんな女がお前と添い遂げたいなどと願うだろう」

そのとき、子どもは怒りを爆発させたに違いない。本を床に投げつけて。そして、こう言って母を脅した。

「お母さん、もし一週間経ってもわたしが結婚していなければ、お前を死に引き渡してやる」

20

不幸だった母はより一層悲しんだ、と同じ言葉が繰り返された。

彼ら言わく、母は山へ行った。というのも、山には飢えをしのぎながら極貧状態で三人の娘を抱えた、とても貧しい女が住んでいると、彼女は知っていたから。掘っ立て小屋に着いたとき、貧しい女に向かって母はこう言った。

「貧しい女よ、お前の三人娘のひとりを怪物であるわたしの息子にくれるよう、お前の女主人が頼みに来ました。その代わり、望むだけの黄金をお前に与えましょう」

21

彼らが主張するには、いくら貧しいとはいえ、貧しい母は娘のひとりの不幸と引き替えの黄金などほしくなかった。貧しい女の心の琴線に触れたのは、不幸な母親の不幸な姿だった。こうして母は一番目の娘とともに帰路についた。そのように語られている。

22

彼らが言うには、道すがらふたりが一本の古道を通ったとき、その溝穴にひとりの老婆がいたということだ。老婆はふたりを引きとめた。そして聞きづらい震え声で娘にたずねた。

「娘よ、体が透けて見えるほどに磨り減った胴着を着た貧しい娘のお前が、こんなにも美しく着飾ったご婦人の脇を歩き、そんなにしっかりとした足取りで一体どこへ行くのじゃ」

傲慢な態度で長女は老婆に答えた。

「老女よ、あっちへお行き。お前の言うことの露ほどもわたしには分からない。誰に向かってそのような口を聞くのか、お前には分かっておるのか」

そう彼らは語った。

23

彼らは言った。

「翌日はお屋敷総出で早朝から祝宴の準備を整え、急いで晴れ着に着替えました。急いで婚礼を済ませ、母親は急いで古塔に死の顔をもつ子どもを探しに行きました。他の者には子どもの姿を見ることも、子どもに近づくことさえ禁じられておりましたので。急いで祝福が与えられ、婚儀が祝われました。すぐに子どもは本と死が待つ古い鳩舎塔へと戻っていきました」

そう彼らは語った。

24

彼らは言った。

「歌声が止み、祝宴が終わって晩になると、母は新妻を塔へと連れていきました。腰ベルトに吊り下げられた鍵で母親は扉を開けました。そして妻を後に残してふたたび扉に鍵をかけました。死の顔の子どもを見たとき、貧しい女の一番目の娘は祝宴の酒による酔いから一気にさめ、その傲慢さもたちまち消え去りました。娘は夫への嫌悪をその表情から消すことはできませんでした。ひ弱な肉体。輝きのない瞳。しゃがれ声と荒々しい息づかい。そして何よりもその顔。死の色をした顔。自尊心を傷つけられた子どもはその顔を妻の方へと向けました」

そう彼らは語った。

25

彼らは言った。

「そして、妻を裸にしてそのからだを愛している最中に、彼女は死へと導かれていったのです。そのからだはまるで収穫後の黄金色の立ち藁のように青白くなっていきました。その肉体は太陽の下のひと握りの雪の塊のように衰えていったそうです。そのとき、まるでなくなりかけの灯心の周りに残った炎の最後のゆらめきのように、その瞳は輝きを失いました。ひとしずくの雨が残した道筋ほどの意味ももたずに、命が消えていったのです。そして命があった場所に見出されたのは、冷たくて物言わぬ命なき肉でした」

26

彼らはこう語り、濫用され使い古された比喩を繰り返す。

27

彼らは次のように続ける。その一週間後、死の顔をもつ子どもは新しい妻を母にせがんだ。不幸な母親はより一層悲しんだ。ここで彼らは例のくだりを繰り返す。飢えをしのぐ貧者のなかでもっとも貧しい女の住む山へと母親は戻った、と。母は貧しい女に懇願し、跪いて彼女の両足に接吻した。そしてふたたび貧しい女に向かってこう言った。

「貧しい女よ、お前のもうひとりの娘を怪物であるわたしの息子にくれるよう、お前の女主人が頼みに来ました」

母親はその苦しみによってふたたび貧しい女の心をつかむことができた。こうして母は二番目の娘とともに帰途についたのです、と彼らは語った。

28

道すがらふたりは同じ古道の溝を渡った、と彼らは語り続ける。すると、前と同じ老婆がふたりを引きとめた。聞きづらい震え声で老婆は娘にたずねた。

「娘よ、体が透けて見えるほどに磨り減った胴着を着た貧しい娘のお前が、こんなにも美しく着飾ったご婦人の脇を歩き、そんなにしっかりとした足取りで一体どこへ行くのじゃ」

傲慢な態度で次女は老婆に答えた。

「老女よ、あっちへお行き。お前の言うことの露ほどもわたしには分からない。わたしはお前とは身分が違うのだよ」

それが彼らの語ったことだ。

29

翌日は婚礼だった、と彼らは言う。「早朝から宴が準備され、一番きれいな着物に急いで手が通されました。急いで祝福が与えられ、結婚が祝われました」

30

彼らの話によると、歌声がやんで晩になると、母は新妻を古い鳩舎塔へと連れていったということだ。娘を後に残して母は塔の扉を閉めた。そして、死の顔の子どもを見たとき、貧しい女の二番目の娘は祝宴の酒による酔いから一気にさめ、その傲慢さもたちまち消え去った。夫の姿、すなわちそのひ弱な肉体と輝きを欠いた瞳を目にし、しゃがれ声と荒々しい息づかいを聞いたとき、そしてとりわけ死の顔の色をしたその顔を見たとき、妻は自分の口元が歪むのを禁じ得なかった。

31

自尊心を傷つけられた子どもは、そのとき顔を妻の方へと向けた。

彼らが語るところによると、妻を裸にしてそのからだを愛している最中に、彼女はゆっくりと死へ導かれていったということだ。そのからだは、まるで収穫後の黄金色の立ち藁のように青白くなっていったのだろう。そして太陽の下のひと握りの雪のように、その肉は衰えていったただろう。そしてまるでなくなりかけの灯心の周りに残った炎の最後のゆらめきのように、その瞳は輝きを失ったことだろう。ひとしずくの雨が残した道筋ほどの意味もなく、命が消え去ったのだろう。そして、命があった場所に見出されたのは、冷たくて物言わぬ命なき肉だったのだろう。

32

それが、過度に使われ続けた使い古しの比喩を反芻しながら、彼らの語ったことだった。

33

すべてがリフレインのように回帰し、鴨たちのおしゃべりのように冗長で、格言のごとき繰り返しにすぎないようなある作り話を語るように、彼らはこう続けるのだった。その一週間後、死の顔をもつ子どもが三人目の妻を所望したとき、より一層の悲しみに沈んだ不幸な母親は山へと戻った。もっとも貧しい女に会い、懇願し、跪いて両足に接吻した。そして三度目に口を開き、貧しい女にこう言った。

「貧しい女よ、お前の女主人が戻ってきたのはお前に懇願し、お前に残された最後の娘をくれるようお願いするためなのです」

三度目もまた、不幸な母親は極貧の憐れな女の心を掴むことができた。こうして母は一番若い娘を連れて帰途についた。

いつもの決まり文句が繰り返され、格言が反芻されるひとつの寓話を語るかのようにして、彼らはそんなふうに語り続けた。

34

彼らはこう言いながら先を続ける。三度目もまた、老婆のいる古道の溝をふたりは通った。老婆はふたりを引きとめた。そして聞きづらい震え声で娘にたずねた。

「娘よ、体が透けて見えるほどに磨り減った胴着を着た美しい娘のお前が、こんなにも美しく着飾ったご婦人の脇を歩き、そんなに重い足取りで一体どこへ行くのじゃ」

一番若い娘は涙を浮かべてこう答えた。

「ああ、老女よ。わたしに語りかける者にわたしは答えましょう。わたしが重い足取りで歩いているのは、これがわたしにとっての生きて最後の旅になるからです。失うことになるものすべてをわたしは注意深く見つめます。空や畑もそうして見つめるのです。ブナの葉むらに響く鳥の声や歌にもそうして耳をすまします。通り過ぎる空気や風もそうやって吸い込むのです。そなたにこうして語りかけ、そなたとあいさつを交わすのもそのため、わたしがこれから向かう場所には死しかなく、そこには広がる空も畑もなく、鳥も歌わず、葉むらも揺れず、空気も風も通らないからなのです。そこでは唇が開くこともなく、あいさつを受けてもそれに答えることはないからなのです」

彼らが言うには、そのとき老婆は娘に向かってこう答えたということだ。

「娘よ。これからわたしが言うことをよくお聞き。お前を助けてあげよう。わたしに話しかけてくれたのだから、わたしもお前に答えよう。婚礼の日のために三着のドレスを準備するがいい。一着は白いドレス、もう一着は黄色で、最後の一着は茶色のドレスを用意しなさい。お前は茶色のドレスの上に黄色のドレスを着ること。そして黄色のドレスの上にはさらに白いドレスを纏いなさい。そして、夜になってお前の夫が着物を脱ぐようお前に命じるとき、こう答えるがいい。『あなたも脱いで。わたしより先に』そして、最後のドレスまでその言葉を繰り返すのだよ」

35

こうして彼らはついに、とはいえ、いつ果てるともしれぬ話を続ける。「翌日、婚儀が執り行われました。祝宴が朝早くから準備されました。人々は急いで一番美しい洋服やドレスを着ました。そして、歌声がやみ、夜になりました。花嫁は古びた鳩舎塔へ向かいました。彼女の背後で扉が閉められました。彼女はてっぺんの部屋へと上がっていきました。

そのとき、一番貧しい女の一番下の娘はほんのわずかの恐怖心もあらわにしませんでした。感極まって目を伏せたままにしていたのです。すると、死の顔の子どもは視線をそむけました」

「服を脱げ」子どもは娘に命じた。

「あなたも脱いで。わたしより先に」と娘は答えた。

娘が微笑んでいるのを見て、子どもはしばらく躊躇った。それから死色をした皮膚を顔の先まで剥がした。

死の色をした皮膚の下には、ひ弱な肉体と輝きのない瞳があった。

貧しい女の娘は白いドレスを脱いだ。

36

「服を脱げ」と子どもは娘に命じた。

「あなたも脱いで。わたしより先に」と娘は答えた。

怪物はひ弱な肉と輝きのない瞳を剥いだ。

ひ弱な肉と輝きのない瞳の下にあらわれたのは、しゃがれ声と荒々しい息づかいだった。

貧しい女の娘は黄色のドレスを脱いだ。

37

「服を脱げ」と子どもは娘に命じた。

「あなたも脱いで。わたしより先に」と娘は答えた。

そのとき、子どもがいた場所で大きな物音がして、長い叫び声が聞こえたかと思うとやがて消えゆきながら、空気に触れてばらばらと少しずつ壊れていった。そして、声と息づかいが小さくかすんで消えていったあとに、彩色装飾をほどこされた書物の一ページが姿をあらわした。

遠回しの仄めかしによって語られた彼らの主張にしたがえば、茶色のドレスを脱いだはだかの娘が、恥ずかしさから死の顔をした子どもを見上げたとき、彼女が目にしたのは子どもの姿ではなく、その代わりに無数の鮮やかな色を散らした彩色本の一葉だった。そして、彼らは次のように話をしめくくる（そう、これこそ空っぽの脳みそと幼なことばが生み出した信じがたい事実。悪意というよりも空想に乗って吹聴されたがために、お屋敷の領地の信用を傷つけるものには到底なりえない退屈な物語《コント》。健康で分別ある若者たちの心に恐怖を植え付けたり、彼らの不安を掻き立てたりするにも足りず、日雇い人や奴隷たちを物おじさせるにも足りず、土地全体にパニックを撒き散らすにも足りない、口さがない女たちのおしゃべり）。そう、彼らはこう話をしめくくる。娘が近づいてその本の一ページを手にしたとき、お日さまの誕生よりもはるかに美しい、ひとりの男の素描《デッサン》がその目に飛び込んできた。娘の心臓の動悸よりも生き生きとしたその眼差し。海辺に打ち寄せる波に溶けあう太陽よりも煌めくその表情。彼らの話によると、娘はすぐさまその顔、極彩色にいろどられた、まるで生きているかのようなその顔を愛した。娘は涙を流した、と彼らは語る。絵姿が写しだすそのからだを抱きしめたいと娘は望んだ、と彼らは語る。彼らが言うには、娘はこの世でただひとつのことだけを望んだということだ。つまり、本のページに彩色された男の頭をその胸に強く抱くことだけを。

39

彼らはこんなふうに話し終えた。

40

あたかも人生がわれわれに課す教訓か逆説を聞くかのように、わたしがこれまで記してきた出来事をいわば満場一致でお認めいただけるとしても、歳月が経ち、われわれの生きる今日という日がこれらの出来事の起こった年月に徐々に近づいていくにつれて、意見は分裂し、証言はより疑わしいものとなり、証人たちは優柔不断となって自信をなくし、聴衆たちは途方にくれて困惑し、仮説は脈絡のない雑多なものとなり、結局のところ話はさらに謎めいて信じがたいものとなっていく。ある者は問われた質問を巧みに回避し、言い逃れをする。別の者は不安から彼らを問いただす人々を激しく拒絶し、大急ぎで逃げ去る。ほとんどの者は逃げ口上を述べ、話を逸らそうとする。理由もなしに不意に話を中断したり、あるいは逆に慌ただしく話をつないだりしながら、以前彼らが語った話の筋とは逐一異なる別の筋を事細かに、微に入り細に入りふたたび語りはじめるのである。

41

花嫁、書物のページに描かれた子ども、母親、そしてわれわれみなに起こったことは、したがって今日でもなおつかみどころのない、曖昧で理解不可能なものとしてとどまっている。彼らに口を開かせようとしてわたしが提示しえたもっとも本当らしい推測の数々でさえも、もっともありそうにない神秘現象よりもさらに一層、無意味で気狂いじみたものに思われた。われわれの多くが、そしてわれわれ自身も知っていたはずの人々、われわれの尊敬の対象であったはずの花嫁や子どもや母親の顔ですら、いまや闇夜に沈んだ事物の輪郭や雲が立ちこめる空の神々、あるいはまた、暁の霧の中の獣よりもなお一層おぼろげでつかみどころがなく、不安を掻き立てる存在となってしまっていた。

42

名前でさえも、それが本来もつべき喚起力を失ってしまった。もはや識別不可能で誤ったものにしかみえなくなった。

意味のない、

むなしい、

向こう見ずな、

つんぼの記号たち。

43

母親が死んだこと、それは本当だ。

花嫁が非業の死を遂げたこと、それも本当だ。

だが、子どもの運命については、われわれには分からない。

子どもは本当に書物になってしまったのだろうか。その死は単に隠蔽されただけで、実際には葬儀が極秘に行われ、喪は秘密にされただけではないのだろうか。それはあり得るかもしれない。しかし、そうした行為が意味する不道徳や卑劣さ、あるいはまた、そのような虚偽や嘘、あるいは見せかけに加担した人々がみずからの身に招きかねない罰のおそろしさを考慮するならば、こういった結末はやはり、まったくと言っていいほどありえないだろう。

44

彼はまだ古い鳩舎塔のてっぺんの部屋にいるのだろうか。いや、当然それはありえない。食べものや飲みものを運ぶ者がいなくなった以上、彼はとっくに餓死しているはずだ。とはいえ、誰ひとりとして実際に塔に登って確かめたわけではない。塔にはあいかわらず鍵がかかっていて、土地の人間たちに以前と同じ恐怖を与え続けている。死の顔をもつ子どもはまだ今日でもあのてっぺんにいると主張する者もいる。部屋の銃眼壁の隙間からうすら明かりが時々漏れ見える、と彼らは言うのだ。彼は怪物だったのか、人間か神だったのか。生と死の間を生きる、屋敷に住みついた流浪の怪物、異種混交の怪物だったのだろうか。廃墟となって崩れた石に取り憑き、人間たちを羨み誘惑する女吸血鬼《グール》やスフィンクスのように、彼もまたこの世界に戻ってくるのだろうか。それは誰にも分からない。それについては誰も語らない。それを想像したいなどと誰ひとり思わない。

45

相次いで起こった屋敷の女主人と花嫁の死に関しても、証言は一致していない。たとえわたしがここに伝える事柄がもっとも広く通用する内容であったとしても、他の人々は怒ってそれを拒絶する。彼らは激高して頭を振り、激しく否定する。しかし、彼ら自身は何も語らない。みずからの怒りや否定の理由を説明することさえしない。

46

来る日も来る日も美しい顔が描かれた彩色本の紙片を肌身離さず手にしながら、決してそれを手放すことのなかった花嫁はとうとう正気を失った、と言う人たちもいた。頭を垂れ、急ぎ足で、まるで酔っぱらいのように、畑や森や山の中を足早でさまよう彼女を見た、と彼らは言うがそれは本当のことだ。血走った眼の彼女が通りすぎていった。混乱したようすで、ときには半裸で髪を振り乱しながら、本のページを高く掲げて彼女が通りすぎた。高く掲げられたそのページは空にくっきりと映え、ありきたりで軽率でくだらないものにみえた。

47

四肢を裂かれた瀕死の娘の身体が大きな岩の下で発見され、青白いその手には彩色本の皺だらけの紙面がきつく握りしめられていたというのも真実だ。小作人と召使いがその身体を屋敷に運んだことも事実だ。母親と領地の小作人たちが集まっていつもの祈りをつぶやき、いつもの供物を捧げ、死者の亡骸を嘆き悲しんだのも事実だ。母が死者の着物を脱がせ、傷口をきれいに洗い浄めてから屍衣を着せたこと、これも避け得ない事実であって、疑いをさしはさむ余地などないだろう。だが、彼らが言うには、引き裂かれて泥と血にまみれた死者の着物と一緒に、死者の掌にあった皺だらけの紙片を火にくべようとして、母が炉床に近づき、

火に触れた瞬間に突然、

紙面が

熱で
たちまちにして開かれ、
燠と炎の中ではげしく身をよじらせながら、ほんのわずかの間、
折り畳まれた紙面の絵姿が開かれた。
勢いづく
赤い光の中で
本の紙面の彩色をほどこされた顔が
一瞬の炎上のなかで
燃え尽きた。

48

ところで、炉床のそばでこの動作をしている最中に母親が死んだこと、それも本当だ。

49

しかし彼らは言うのだ。皺だらけのページが開き、そこに息子の顔が一瞬あらわれるのを母が見たとき、そしてその姿が

くるくると旋回しながら
灼熱のなかでまっすぐに顔を起こして
光のなかで反り返ったかとおもうと
突然に
小さく縮んで
薪の近くへ落ちていったとき、

このとき、彼らによると、ほんの一瞬ではあるが、死の眼差しが母親に注がれるに十分な時間があった（息子の顔の瞳の輝きが彼女に向けられるに足るだけの時間）。

ともあれ、炉床の近くでこれらの動作かそれらしき動作を終えたあと、叫び声もあげずに突然、母が倒れて死んだのは事実だ。

「そのとき」と彼らは続ける、「まだ燠が黒くならないうちに、彼女は死の世界へと連れ去られました。黄金色をした収穫後の立ち藁が灰色に変色するように、そしてまた、太陽の下のひ

と握りの雪のように、なくなりかけの灯心の周りに残った炎の最後のゆらめきのように、彼女の瞳は輝きを失い、ひとしずくの雨が残した道筋ほどの意味ももたずにその命が消え去ったのです。手に握られていた皺だらけの紙が一瞬のうちに炎に呑まれ、不意に元通りの姿になり、灰になって消えゆく前に燠の風によって舞い上がるように、命があった場所に、冷たく寡黙な死んだ肉体が見出されたのです」

50

わたしはここに屋敷の男や女たちが語る物語を書き取った。

それは、かつて栄えた広大な土地から逃れるために、ある王国が引き合いに出す伝説。

わたしはそこに何ひとつ変更を加えてはいない。何ひとつ隠し立てもしていない。だが、生きている人間であるわれわれにとって、これらの出来事がどれほど常識外れであるかもわたしは知っている。

51

なぜなら、われわれは生きていたのだから。
その昔、われわれは生きていたのだから。

52

たとえわたしがここに正確に記したことがすべて本当だったとしても、この土地にこれから身を落ち着けようと望む者にとってなんら危険がないことを忘れないでいただきたい。もしも塔だけが呪いの対象とみなされるのなら、それを焼き払うことだってできる。もしも幽霊や、書物、あるいは悪魔がいるのなら、それらを祓うこともできる。もしも天上の支配者や神々が屋敷の人間に呪いをかけ、土地に魔法をかけ、土地の精霊たちを庇護しているというのなら、供犠の必要を認めて神に獣を捧げることもできるし、人間たちだって祈りを捧げるだろう。それによって過ちは消え、呪縛は解け、その魔力も衰えるだろう。もしもわたしがここに正確に記したことすべてが、単に迷信と畏怖に支配された脳みそをもつ田舎精神か愚劣さによって生み出された無駄話にすぎないとすれば、そのときも同様に、この土地に身を落ち着けようと望む者にとってなんの危険もないことになろう。いずれの場合にしても、もっとも無気力でもっとも臆病な人間ですら、恐ろしい思い出に煩わされる必要はないのだ。肥沃な土地を耕して財をなしても、羽振りのよい暮らしをしても、財産が溢れかえっても、だからといって声高に危険を叫ぶ必要はない。みずからの顔を死の顔と交換して本の中に呑み込まれていった子どもの思い出を、いつまでも大切に育て続ける必要などないのだから。

時の勝利——四つの物語《コント》

どこの家の隅にもある涙。

勃起したペニスをにぎって、わたしは泣いていた。

小さな家の玄関先でわたしを出迎えたとき、すっかり年老いた母《ママン》はわたしの顔を両手で抱いた。

たわいないこの思い出がわたしの心を震わせるのは、それまで一度たりとも、八十歳を過ぎるまで、母《ママン》は一度もわたしの肌に触れたことがなかったからだ。いまや、母《ママン》はわたしの顔を両手で包み込んでいた。こう言いながら、母《ママン》はわたしの頬に手をずっと押し当てていたのだ。

「息子よ、よく来てくれたこと」

彼女は杖を手に取った。そして立ち上がった。

つい十五分前にも会ったのに、またこう言うのだ。「息子よ、ずいぶんしばらくぶりだねえ」

それから、ふたりで中庭の歩道をひとまわりした。


歩きやすいように、母《ママン》は片手をわたしの腕の下に回して、もう片方の手を杖の端の小さなグリップの上に乗せていた。

坂道にある何かを見せようとして、彼女は恍惚の表情でわたしを引っ張って歩いた。

新芽の吹いた植物だ。

台所では、プレゼントされた飴の袋を見せてくれた。

看護婦がきのう彼女のために焼いたフルーツケーキも。

中庭では、彼女を怖がらせる一匹の白猫が、野生の葡萄畑を闊歩し、屋根伝いに歩いていた。草の上にできた水たまりをわたしに見せた。そしてもとの場所に戻ってきた。

彼女は腰を下ろした。


ある男が親友の娘に恋をした。

娘の快活な様子、そのまなざし、そして知性に男は惹かれた。彼女との逢瀬に通い、人目を忍んで抱き合った。男は妻をおざなりにした。

若い娘のほうでも、これほど熱情的に自分を愛する男への愛が少しずつ燃え上がっていった。

娘はそれを悪いとも思わなかった。父親は娘を溺愛していた。


だが、彼女はこそこそするのが嫌いだった。ふたりは考えた。釈明は誰にとっても辛いものとなろう。そんな釈明は無駄ではないか。だから一切説明もせず、書き置きも残さずに、ふたりは立ち去ることにした。彼らの居場所を誰ひとり知り得ないような遠い場所に身を落ち着けようと決めた。

「これからずっと僕たちは一緒に生きよう」と男は娘に言った。

彼女もそれを望んでいた。

「僕たちふたりだけで」と彼は繰り返した。

「ええ」と彼女は答えた。

「一緒に」

「ええ」と彼女は答えた。

「君を愛しているあいだ、君の前に愛し一緒に暮らした女のことを僕はすっかり忘れていた。僕は幸福だったのに」

「わたしのせいじゃないわ」彼女は言った。

「友のこともすっかり忘れてしまった。彼が好きだったのに」

「あなたが友と呼ぶひとは、わたしの父でもあるひとよ」と彼女は指摘した。

「だからこそ、ここを離れる必要がある。許されないことだから」

「ええ」

「許されないことであり、素晴らしいことだ」

「ええ」

「どちらの家族に監視されることもなく、僕らは生きていかなくてはならない。僕らの生き方を誰にも邪魔されずに」と彼は付け足した。

「ええ、そうね」と彼女は言った。

こうして、ふたりは誰にも告げることをしなかった。

そして立ち去った。


ふたりは海辺の小さな住宅地に身を落ち着けた。

小さいが美しいその家は、狭くて冷えびえとしていた。

家の中は湿っぽかった。

海藻の匂いがした。

ふたつの窓からは海が直接見えた。

テーブル越しに海を見た。

テーブル越しに、行きつ戻りつする潮の動きや、壮大な空の景色を見た。

ふたりは結婚した。

そこで五年暮らした。ふたりは幸福だった。

五年目に娘は小さな女の子を産んだが、お産から恢復することができなかった。

ある日、疲れ果てた娘は母親に救いを求めた。

その翌日、男は娘のもとを去った。

幼な子と母親、そして祖母は助け合いながら一緒に暮らし、成長し、年を取ってから故郷に戻った。

男はといえば、最初の妻と二番目の妻、自分の娘、我が家、そして幸福を手離しただけではなく、その土地を去り、国を去り、大陸を去った。

世界の東方にある大都市で、彼は数年間働いた。

これまで一度も貧しくはなかったが、金持ちになった。彼はもう一度すべてを手離したいと願った。年老いた男はすべてを売り払った。そして、残された時間を旅に費やそうと決めた。

まず手始めにシュルジィを訪れた。

シュルジィから飛行機でリューレンへ行った。リューレンから戻る途中にパリ方面へと向かっていたとき、かつて暮らした町の近くを通った。すると、かつての友が住む古家を訪ねてみたいという欲望に駆られた。

到着すると、彼は見回した。屋敷はなくなっていた。

真っ白な建物がその跡地に建っていた。


それから、彼は昔の自分の家を見に行った。家があった場所は辻公園になっていて、密生した小木が公園に木陰を作りはじめていた。

公園から子どもたちの歌が聞こえてきた。

立ちのぼる笑い声がとつぜん男の耳に入った。

はっきりした理由はないものの、子どもたちの甲高い声は男の心を締めつけた。子どもの叫び声が苦しげに思えたのだ。男はその場を立ち去った。

かつて仕事場に通った頃と同じように、彼は石橋を渡って川を越えた。

そして中央広場に着いた。

広場の中央には古井戸。そして、その向こう側には古い教会が見える。

ひとりの華奢な女性が教会下のポーチの影を離れ、鉄の手すりにつかまりながら教会の階段を降りていた。階段を降りるとき、女の体がわずかによろめいた。とつぜん、女は光の中に歩み出た。

男は叫び声をもらした。

女は男を見た。彼女も男の正体がわかった。

女は影の中に後ずさりしようとした。しかし、男は急いで駆け寄って、教会の革扉を押していた彼女の手を握った。

「あなたなのね」彼女は言った。

「ああ」と彼は口ごもった。

彼女の上半身は教会の薄暗がりに呑み込まれていた。

背中は革の扉にもたれかかっていた。

ふたりは立ちつくした。


「わたしを苦しめるために戻ってきたのね」と彼女は言った。

「そうじゃない」

「あなたに何が分かるのかしら」

「たしかに僕には分からない」と彼は言った。

「君はどうしてるの？」

「なんて答えればいいのか……」

「じゃあたった今、君は何をしていたの？」

「さまよっていたのよ」

そしてお互い黙り込んだ。

ふたりは教会を出た。

陽光の射し込む教会のポーチの下で立ち止まった彼女は、年老いたその顔を彼に向けた。体はやせ細っていた。そして男に言った。

「わたしはもうずっと昔にあなたを待つのをやめたの」

彼は答えようとはしなかった。ふたりは教会の階段を降りて、広場の古い舗石の方に向かって歩いた。

彼は尋ねた。

「僕を恨んだだろうね」

「ええ」と彼女は答えた。

「今でも憎んでいるかい？」

「ええ」と彼女は答えた。

その瞬間、彼女はふたたび顔を上げて、彼の瞳を見据えて静かにこう言った。

「ええ、あなたを憎んでいます」

にもかかわらず、別れのあいさつを告げるとき、男は晩にもう一度会う約束を彼女から取り付けた。

その晩、彼はかつて町で一番だったレストランへと彼女を夕食に招待した。

そこは最悪に近かった。

テーブルクロスの上には電灯が置かれていたが、その脚は金色でシェードは赤く、赤いビロードのリボンが巻き付いていた。

遠くで鳴っている音楽——遠くとはいっても、四方から聞えてくる音楽——が、食事中の人々の耳に襲いかかっていた。

「わたしたちの子どもは死んだわ」と彼女は彼に告げた。

「いつ？」

「二十歳のときに」

「原因は？」

「忘れるために必要だったもののせいで」と彼女は言った、「これ以上は聞かないで。忘れるために必要だったものに頼りすぎて、彼女は死んだの」

座り直そうとして彼女は椅子をテーブルの方に引き寄せた。フォークを裏返した。そして、フォークの歯が見えるようにして、テーブルクロスの上に置き直した。


パンは硬かった。

せめてパンを焼き直してもらえないだろうか、と彼は頼んだ。ボーイはパン籠を持って厨房へ消えた。

「お母さんは？」

「母も死んだわ」

「僕は彼女が大嫌いだった」

「知っていたわ」

トーストしたパンとノルマンディー産のバターを持って、給仕長が戻ってきた。

ふたりは注文した料理を食べた。

料理がまずい分、彼らは余計に酒を飲んだ。

パンとバターを食べた。ほとんど話はしなかった。自分がたどったその後の人生について、彼はほとんど語らなかった。それに何の愛着も感じていなかったからだ。

彼は満足に食べず、酒を飲み過ぎた。

そして、このままテーブルの隅で眠りたいという欲求に駆られた。

皿に残ったソースを黙って拭っている二番目の妻を、彼は眠り眼で見つめていた。

彼女の指を見た。

魚の切り身の周囲を回転するトーストされたパンの小さな塊を見つめた。

彼女の手は驚くほど華奢だった。

彼女はもう美しくはなかったものの、男は彼女に見とれていた。

その肘はテーブルの端に置かれていた。

頬づえをついて、彼女は瞳を閉じていた。

車で送ろう、と彼は彼女に申し出た。

「すぐそこだからいいわ」と彼女は大声で言った。「歩いて帰るから」

「じゃあ、歩いて送らせてくれるかい？」

「どうぞ、ご自由に」

男は広場の駐車場に車を残した。ふたりは堤防沿いに長い間、歩いた。

水面は穏やかで、皺ひとつなかった。

月は満ちていて、その姿を見事なまでに水面に映し出していた。

雲はなかった。

その昔、町を横切っていた小川に面したかつての水車小屋に彼女は住んでいた。

小川はそれ以来、埋められていた。

家は城塞の外側にあった。

「本を売って暮らしているの」と彼女は説明した。

砂利道の上でふたりの足音はきしんだ。

「今でも本を買う人はいるのかい？」彼は尋ねた。

「ええ、たくさん」

月を囲む闇夜に月桂樹の葉むらがくっきりと浮かび上がり、その姿が城塞の囲いの縁に見えた。

玄関に着いたとき、家に入って彼女のそばで一晩過ごさせてもらえないだろうか、と彼はたのんだ。

「いいわ」と彼女は言った。「ただし、それがあなたの希望だということをお忘れにならないで」

彼女は鍵を出さずに呼び鈴を押した。ふたりは待った。

玄関の扉を開いたのは若い女中だった。屋敷に入ると、女中は彼らを案内した。彼らは廊下を進んだ。女中は二重扉を開いた。ふたりは図書室に入った。女中は大きな赤いシェードのついた巨大なフロアスタンドを灯した。フロアスタンドには赤いビロードのリボンが巻き付いていた。

「お酒を召し上がる？」

彼は頭を横に振った。

老女はうら若い女中に言った。

「わたしにはいつものをね」

若い女中はすぐに部屋から出て行った。

老女は鞄を床に置くと、暖炉の向かい側にあるゆったりとした肘掛け椅子に腰掛けた。

彼は立ったまま、周囲を見回した。そして黒檀の書き物机に目を止めた。書き物机の上にはかつての恋人の写真が置かれていた。その写真には喪を示すヴェールがかかっていた。男は小さく叫んだ。

男は小さく叫んだ。とっさに写真から顔を逸らした。そして、ビロードのカバーで覆われた炉辺椅子を動かして、妻の正面に座った。

彼は二度と再婚しなかった。妻と再会できたことに満足していた。二番目の妻である彼の本当の妻、そしてその声と眼差しにふたたび出会えたことに。

彼は心のなかで過ぎし日々を数えた。

二十と十一の年のあいだ、彼は妻に会っていなかった。

もう三十一年ものあいだ、会っていなかったのだ。

若い女中が煎じ茶用のポットと二客のカップを手に戻ってきた。

老女は女中に言った。

「もう休んでいいわ」

若い女中は退出した。

「いいえ、結構」と彼は言った。「いや、結構」と繰り返した。「どうぞ飲んで。僕はいらないよ」

彼女はひとりで飲んだ。

ふたりは見つめ合った。

不意に彼はつぶやいた。

「あなたは痩せ衰えた。なのに、僕をまだ惹きつける」

彼女は叫んだ。

彼女は叫んだ。そして言った。

「そんな風に話さないでください」

彼女は叫んだ。そして言った。

「これ以上わたしを傷つけないで。わたしはもう苦しみません」

「どうか落ち着いて」彼は言った。「お願いですから」

黙ってくれと哀願した。

彼女は落ち着いた。彼は言った。

「あなたの寝室に僕を連れていってください」

ふたりは二階へ上がった。

彼女の上に乗って抱きしめようとしたとき、彼女はそれを押しのけて言った。

「あなたはわたしの骨にはもう重すぎる人になってしまった」

「君の体にもう一度触れたい。もう一度中へ入らせておくれ」

彼は彼女の口に手を押し当てて、彼女の中へ入った。

用をたそうとして、彼は夜中に起きた。枕元の電灯をつけた。皮膚の下を貫く肋骨の骨が妻の肌から透けて見えていた。男は妻の髪をなでた。

「君は細くていまにも折れそうだ。君の髪の方が躰よりずっと豊かだなんて。でも、今のこの姿以上に君を愛したことはないと思う」

彼女はシーツを胸まで引っ張りあげた。彼はシーツからのぞいている彼女の細い指先を愛撫した。

彼女はつぶやきのような、鼠のような小さな叫び声をあげた。

彼は続けた。

「君の昔の顔の面影をとどめているものが、この歯くらいしかないなんて、本当に不思議な気分だ」

そして彼女を抱きしめた。ふたりは眠りに落ちた。ふたりは一緒に暮らした。ふたりは一緒に死んだ。

匂いは幽霊たちだ。
戻って来るのは、なにも人間だけではない。

目に見える世界よりもはるかに識別可能な世界を紡ぐ、目に見えぬ存在者たちが匂いである。
そこでは、目を閉じていても、光の中で見る以上に互いを認知することができる。

薄暗がりの中で世界に関わる匂いをすべて見出すためには、七つのランタンが必要だ。
エーテル、
カンフル、
麝香、
花、
ミント、
尿、

糞。

精液もニワトコの匂いがする。

昼にビートを食べると、糞は薔薇色になる。

薔薇、撫子、ジャガイモ、キャベツ、長葱にも顔がある。

Il trionfo del tempo.

Triumph of Time.

これは盲目となったヘンデルが最後に遺した作品のタイトルだ〔"Triumph of Time and Truth"（『時間と真実の勝利』）は一七五七年にロンドンで初演されたヘンデル最後のオラトリオ〕。

彼の顔は一握りの皺と化していた。

あれほど美しかった彼女の顔もまた、一握りの皺になっていた。

かつてはあんなにも美しかった母《ママン》。

三十代の頃、母《ママン》は本当に美しい女性だった。

大きくて明るい瞳をしていた。

こらえきれなくなると、母《ママン》は屋根裏部屋に上がって叫んだ。

そして、こんな風にするのが常だった。

気をつけて、これからちょっと大きい声を出して叫ぶから。

実際、彼女はそうしたのだった。


冬の日には、アモン氏はモルパからグランジュまでいつも歩いた。

グランジュに着くと、上着を脱いだ。

襟巻きをたたんだ。

眼鏡を取り出した。

腰を下ろした。

そして、当時十一歳だったラシーヌ氏にラテン語の手ほどきをした。

ある日、ラテン語からフランス語にウェルギリウスを訳すのにラシーヌ氏が熱中しているあいだ、そばにいたアモン氏は睡魔に襲われた。

確かに、ふたりとも暖炉の真ん前にいた。先生がテーブルを暖炉の前に引き寄せていたからだ。考えに集中する子どもの沈黙、紙を擦る子どものペンの音、道中の疲れ、炎がもたらした突然の熱気、これらのせいでアモン氏はテーブルの隅でとつぜんまどろみはじめたのである。

それは、オルフェウスが冥府へと下っていくくだりだった。

彼は夜のなかへ入っていく。

目が覚めたとき、彼は子どもをちらと見た。子どもはペンを置いた姿勢で、彼を見つめていた。

小さな子どもの目の前でうたた寝してしまったことを、彼は恥じた。

言いようのない気まずさを感じたアモン氏は、年甲斐もなく、また信心深い彼に似つかわしくないばかげた嘘を子どもについた。

「眠っている間、わしは夢の中でウェルギリウスに出会った。彼の表情は暗かったよ。どうやら君の翻訳に満足というわけではなかったようだ」

子どもは顔を赤らめた。彼は紙をつかんだ。そして先生に差し出した。彼は言った。

「先生、これが先生に翻訳するように言われたウェルギリウスの一節にわたしがつけたフランス語訳です」

「そうか」

「オルフェウスが冥府から上がりしとき、彼の傍らにて一緒に上りし黄泉の国の死者たちの顔がすべて消失した」微笑みながら子どもは続けた。

「君の翻訳をよこしなさい」アモン氏は興奮して言った。

アモン氏は子どもから訳文を取りあげ、それを注意深く読んだ。そして子どもの目の前で訳文を添削した。


その翌日のこと。

ブリンディジの港でのウェルギリウスの死について、アモン氏はラシーヌ少年に講義していた。

詩人の死後すぐに神聖ローマ皇帝が発令した命や、『アエネーイス』にたいする作者自身の否認について君主が抱きつづけた侮蔑の情についてアモン氏が説明している間、ラシーヌ少年はきのうの先生とそっくりそのまま同じように突然、頭を垂れた。どうやらテーブルの隅で眠り込んでしまったらしい。

アモン氏はテーブルの台を両手で激しく叩いた。

子どもの髪の毛を引っ張った。

頭をまっすぐに起こした。

平手打ちを四回、勢いよく浴びせた。

そして、次のような非難を子どもに向けた。

「学問の対象に注意を払おうとしない者は、本当に学んでいると言えるかね。師が時間と手間をかけて教えを施している間、生徒はぼんやりと夢想に耽っていいものなのかい?」

「先生、どうかお許しくださいジャン・ラシーヌはルイ・アモンに向かってうやうやしく答えた。「わたしは夢で冥府へと赴いていたのです。先生の教えの教訓をあらゆる状況から引き出すことをわたくし自身の義務と考え、すぐさまウェルギリウスに会いに行ったのです。わたくしは彼にあいさつしました。そして彼の方でもわたくしに話しかけてくださったのです」

「ああ!」瞬時に真っ赤になってアモン氏は叫んだ。

「ああ!」彼は繰り返した。

しかし、ラシーヌは続けた。

「あの方は嘆きの河のほとりに立っていました。〈暗がり〉と呼ばれる妖精のそばに佇んでいらっしゃったのです。他には誰もいませんでした」

アモン氏は子どもの方に視線を向けようとした。そして、勇気を出して敢えてこう質問した。

「それで、ムッシュー、彼はあなたになんと言ったのです？」

それはまだ子どもにたいしてムッシューと言った時代、そして彼らに死者の作品を教えていた時代のことだ。

「ウェルギリウスはわたしにこうおっしゃったのです。いいえ、ムッシュー・ラシーヌ、あなたが描写してくださったような先生には、昨日お目にかかりませんでしたよ」

アモン氏の顔は真っ青になった。

彼は立ち上がった。

そして炉床に近づいた。

部屋の中を歩き回った。

ようやく腰を落ち着けると、両手で頭を抱え込んだ。そして不意に泣き始めた。

「ムッシュー、あなたは傲慢な方だ」と彼は涙声で言った。「確かにわたしは昨日ばかを言いました。しかしあなたが、まだ子どものあなた、孤児《みなしご》のあなた、悲しみに暮れ、他の子どもたちよりも悲しみに彩られ、より神に近く、神の御霊の近くにいるあなたが、そして新約聖書でいう、空の雀のような存在のあなたが嘘を安売りするなんて」

ところで、この瞬間、子どもの表情は一種の黄色い光に囲まれていた。

子どもはもはや師など見てはいなかった。

火を見ていたのだ。

彼は炎の内部を見つめていた。

正面に立っている炎の中のウェルギリウスに向かって、子どもは話しかけていたのである。

「わしの姿が見えるかい？」とウェルギリウスは尋ねた。

「いいえ、あなたさまを拝顔する幸運にわたくしは恵まれておりません」テーブルの前に立ったまま、相変わらず泣きじゃくりながらアモン氏は答えた。

「わしにもおまえが見えないよ」とウェルギリウスは答えた。「そもそもおまえに話しかけたわけでもないのだから。実をいうと、今しがたわしに会いにやって来て、突然、姿を消してしまった子に話しかけていたのじゃ」

「わたくしにはあなたのお姿が見えますし、お声も聞こえます」炉床の前にうずくまっていたラシーヌが言った。

「そなたが突然去ってから、そなたに与えたかも知れない印象について急に不安になったのじゃ」とウェルギリウスは言った。「我が子よ、死者の国の滞在は虚しいなどと言わないでおくれ」

「あなたがそうおっしゃるのですから、そう言いません」体を震わせてラシーヌは答えた。

「われわれ死者はごくわずかしかいない」とウェルギリウスは続けた。「この秘密が暴かれるのはよろこばしくない。そなたを取り巻く人々から、日の光を大いに奪い去ることになってしまうだろうから」

「あなたの秘密を暴くことはいたしません」と子どもは言った。「いずれにせよ、万が一わたしが秘密を暴いたところで、一体誰が話を信じてくれるでしょう」

炎の前の炉床の焼け石の上にウェルギリウスは座っていた。

足を伸ばしてふくらはぎをこすった。

彼は続けた。

「それで、生者もまたこの世では同じように珍しい存在なのかな？」

「彼らが生者であるかどうか、わたしにははっきりとは分かりません。彼らはテーブルの隅で眠っています」とジャン・ラシーヌはつぶやいた。

「我が子よ、一方で死者の国で死者は稀だということを忘れねばならぬ。そしてもう一方で、太陽の光が注がれるところ、あらゆる場所にいる生者のなかで、ほんとうの生者はごくわずかであることを記憶に留めおかねばならない」


時間の内側はこんなにも暗かったのだ。

この世のすべての夜は闇だった。

かつて、死者たちは蝋燭を灯し、
蝋燭に息を吹きかけた。
冥府の門の中で。

冥府の門で。そしてまた、冥府の門の外でも。

彼は言った《デイクシット》。

「わたしがまだ幼い少年のころ、不安のあまり眠ることができなかった。何時間にもわたって自慰をした。寝返りし続けた。要するに眠っていなかったのだ。人に話しかけることもしなかった。

わたしは本を読んだ。自慰をした。本を読んだ。自慰をした。

ほんの少ししか食事をしなかった。戦争で破壊された港町でわたしは暮らしていた。

嵐の日にはベッドから起き上がってカーテンを引き、窓越しに何時間も外を見ていた。窓の前でしゃがみこんでしまうまで、ずっと外を見つづけていた（わたしよりも海を崇拝しているものなどいただろうか）。誰がわたし以上に夜の嵐を崇拝しただろう。巨大な雲が北から直接やって来た。風はおそろしく激しかった。風は海岸と平行に大きな波を起こしていた。

奇妙な光景。

小石の海岸に波が打ち寄せることはほとんどなかった。

波が堤防よりも手前に打ち寄せることもなかった。

海辺の大通りが浸水することもなかった。
波が打ち寄せるのは、いつも石油タンカー用の港の方角だった。
闇の中、大洋は白かった」

扉を押し開けると、暗がりと冷気が支配していた。
台所を出たとたんに、玄関の凍り付くような寒さを感じた。
気温差があまりにも大きくて、息が詰まるほどだった。

大急ぎで階段を登った。ほんの少しだけ暖かかった寝室に急いで駆け込み、ぬるっとした陶製の取っ手を握って慌ててドアを閉めた。

寒さのとりわけ厳しい冬のある日、ひとりの乞食が森から出てきた。
男――あるいは男の影――は、目の前の道を進んだ。
口元からこぼれる白い息のかたまりが男に先んじていた。
男は町はずれまでやって来た。

男はまだ若かったものの、その頬は信じられないほど落ち窪んでいた。

顔面蒼白で痩せこけていた。

がりがりに痩せていた。

飛び出した眼球は顔全体を覆うほど大きかった。

瞳は深く、青かった。


男は道すがら出会った最初の家の木戸を静かに叩いた。

家にいた女がひとり戸を開きに来た。

「何かご用ですか?」女は男に尋ねた。

「パンを一切れ恵んでくださいませんか」

「どちらからおいでですか?」

「あの世からです」

「まさか、そんなこと」

「でも、そうなのです」

「本当にあの世から？」彼女は尋ねた。

「本当にあの世から」

「もしあなたがほんとうにあの世から戻っていらっしゃったのなら、死んだばかりのわたしの母に出遭ったはずですわ」

「ええ、たしかに」

「母は達者でしたか？」

「奥さま、あなたにどう申しあげるべきか、奥さまを傷付けたくありませんので」

「いいえ、おっしゃって」

「お母上は……何と申しましょう、死者の世界でどうにかこうにかうまくやっています」

「と言うと？」

「お母上は寒がっていらっしゃいます」

「どうぞお入りになって、ムッシュー」そのとき彼女は言った。

それはまだ人が乞食に対してムッシューと呼んだ時代、死者に敬意を示していた時代だった。死者のために祈祷を唱えることもあった。

永遠の夜に横たわって死者たちが安眠する姿を、人々がまだ夢想していた時代でもあった。

「どうぞお入りください、ムッシュー」と彼女は彼に言った。「それではこういたしましょう。あなたがお食事を召し上がっているあいだ、わたしは母の着物を準備いたします」

そしてテーブルの前の、火床を背にした席に彼を通した。パンを供した。脂身《ラード》を切り与えた。ワインも注いだ。痩せこけた乞食は出された料理を急いで口へと運んだ。だが、食事を始めて間もないうちに、男はテーブルの隅で眠り始めた。

男が眠りこけている間、死者の世界で母が寒さに苦しむことのないよう、彼女は暖かい着物を準備することができた。

彼女は眠っている乞食の脇に大きな着物の包みを置いた。それから、もうひとつ別に毛布の包みを置いた。テーブルの上に顔を乗せて眠りこけたやせ細った若者の姿を、彼女はじっと眺めた。「なんて蒼白くて痩せこけているのかしら」と彼女は思った。「信じられないくらいにやせ衰えて。間違いなくこの人は死者か、そうでなくとも冥府から遠くない場所から来たんだわ」

男の姿をしばらく凝視したあと、彼女は彼を起こした。

彼女はテーブルの天板を指でとんとん叩いた。

男の肩をつかんで体を揺すった。

男は目を開けた。

顎で包みを示しながら、女は言った。

「無理矢理に起こしてごめんなさい。でも、夫が不在の妻の家に殿方が長居するのはよくありませんから」

「ええ、そうですね」瞼を一瞬こすりながら乞食は言った。「申しわけありません」

彼は起き上がった。包みに近づいた。

そして包みを持ち上げようとした。

だが、やせ衰えた彼の力では、包みを動かすことすら叶わなかった。

「わたしには力が足りません」彼は言った。「あなたのお母上のために準備してくださったこの着物をわたしひとりで全部運ぶのは到底むりです。どうか馬を一頭貸していただけませんか」

「ええ、もちろんですとも。そうね、思いもつかなかったわ。どうぞわたしたちの馬をお使いになって。でもお願いですから、馬を返してくださると約束してください」

「ええ、約束しますとも」

「あなたは力持ちではありませんものね、ムッシュー。荷を馬に載せるお手伝いをいたしましょう」

「ありがとうございます」

「旅はどのくらいかかりますか？」

「四日後にはここに戻ってきます」

彼女は彼を厩舎へと案内した。

彼はあまりにも弱々しく、鞍にまたがるのにも彼女が手を貸さねばならなかった。

そして、ふたつの包みを左右に積む手伝いもした。

さらに、ふたつの包みをひもで縛り、その一方の端を鞍の頭、もう一方の端を帯紐に結わえ付ける仕事も彼女がやらねばならなかった。

彼女は道中のための食糧を探しに行った。

そして彼と一緒に外に出た。柵を開き、感謝の言葉を繰り返して、男が次第に遠ざかり、藪林に消えてゆくのを見送った。

夫が帰宅した。

「馬は一体どこだ？」台所に入るなり、息せき切って妻に尋ねた。

「心配しないで」妻は彼に言った。「ついさっき、痩せ衰えた乞食の男が来たの。あの世から来て、母に会ったと言ったわ。母《ママン》が死者の国で寒がっているというから、着物と毛布の包みを母まで届けていただけないかどうか、男に頼んだのよ」

夫は叫んだ。

こんな風に叫んだ。


だが、その叫び声すべて合わせても、彼の怒りを鎮めるには足りなかった。


叫んだあと、夫は次第に沸々とした怒りに支配されていった。夫は妻に繰り返した。

「あいつを火の前に座らせてやっただって？」

「ええ」

「あいつにパンを与えてやっただって？」

「ええ」

「あいつに脂身《ラード》を切ってやっただって？」

「ええ」

「あいつにワインを注いでやっただって？」

「ええ」

「あいつにおまえの着物をやっただって？」

「ええ」

「あいつにおれの馬をくれてやっただって？」

「ええ」

「まったく、おまえは虫けらよりばかな女だ」

彼は彼女を叩いた。

彼女を四たび叩いた。

彼女は叫び声を上げた。

四たび叫び声を上げた。

そう、彼女は四たび叫んだのだ。

体じゅうあざだらけになって床に倒れても、最後まで正確に答えたいという強い信念にかられて、妻はこう付け加えた。

「冥府に着くには四日かかりますから、痩せこけて蒼白いあの死人に、籠いっぱいの食糧も与えてやりました」

とうとう夫は火ばさみをにぎって、妻が意識を失うまでその体を叩いた。

妻は流血にまみれて気を失った。

馬だけが戻ってきた。

四日目に、馬は森を抜けた。

夜明けだった。

ブルゴーニュ地方の古い小都市の郊外にある路地に着いたとき、馬は主人の屋敷の前で四たびいなないた。

妻はやっとのことで立ち上がり、家の柵を開いた。

馬の腹の両脇には、一方は朱でもう一方は黄色の、金銀が象嵌された革製のふたつの袋が吊り下がっていた。

最初の袋は金貨で溢れんばかりだった。

二番目の袋は、ルビーが嵌め込まれた宝石でいっぱいだった。

夫は茫然として口を開けたまま、家の戸口に突っ立っていた。

手綱をにぎって馬を厩舎に入れるだけの力はまだ妻に残っていた。彼女は手を差し出した。そして馬に燕麦を与えた。母はあの世で暖かくしているのだから自分は幸せに死ねる、と夫に向かって言った。

その言葉を言い終えたとき、彼女は馬の足元に頽れ、天に召された。夫から受けた殴打によって、彼女の体はそれほどまでに傷ついていたのである。

彼は言った《ディクシット》。

「車が止まったとき、彼は二歳だった。彼は目を覚ました。そして叫んだ」

彼《デイクシット》は言った。

低い声でつぶやいた。

「だから物語の人物はわたし自身だとお分かりになるでしょう？」

子どもだけが叫ぶことのできるやり方で彼は叫んだ。

闇夜だった。

そのとき、車のドアが開いた。

祖父が彼を抱きしめた。


彼は黙った。

沈黙。

自分を抱きかかえる祖父の足元で小砂利が鳴っているのが聞こえた。

ふたりは闇夜の中を進んだ。

大きな扉を開けると、そこは光にあふれた場所だった。囁き合う祖父と祖母の声が聞こえた。

祖母はこう言っていた。

「かわいそうな子。こんなにもやせ衰えて。こんなに細くて、触ったらまるでこわれちまいそうだ」

ひんやりとした両手、皺だらけの冷たい皮膚——蛇のような年老いた女性の肌が、凍りついたシーツの中に彼の裸の体を滑り込ませた。

蛇のような祖母の手が、彼の額をなでた。

彼はほんの少し目を開いた。そしてそれが祖母であるのを見た。彼は幸福だった。

老女は彼の脇のマットレスの上に腰を下ろして、その地方に伝わる古い歌をささやいた。

すると、子どもはふたたび眠りに落ちた。

その歌はこんな歌詞だった。

Mitten im Schimmer der spiegelnden Wellen gleitet wie Schwäne der wankende Kahn.
Über den Wipfeln des westlichen Haines winket uns freundlich der rötliche Schein.

Auf dem Wasser zu singen.

Mässig geschwind.

波に呑まれた白鳥のように
行方知れずの小舟のように
コナラの頂を照らす夕焼けの黄金が
その姿を映し出すよ
せせらぐ水の中、君の影を抱く水のなかに

〔"Auf dem Wasser zu singen"（「水面で歌う」）は、フリードリヒ・レオポルド・シュトルベルクの詩にシューベルトが曲をつけた歌曲（D.774）で、一八二三年に作曲された〕。

謎

ある日、母親が家の扉を開いた。扉を指さして母親は息子にこう言った。

「さあ、ここから出ておゆき」

飼い猫を腕に抱いて子どもは家を出た。母親は中庭で子どもを捕まえた。

「これを持って行きなさい」

母親は子どもの道中のためにチーズ入りパンを準備していた。子どもはピタパンを受け取ると、それをハンカチで包んだ。正午になると、子どもと猫は丘のてっぺんに着いた。暑い日だった。だが、周りには一本の木もなかった。彼らは岩のくぼみに腰を下ろした。子どもはハンカチを開き、ピタパンを指でちぎってひとかけ子猫に与えた。すると子猫はすぐに死んでしまった。母親がピタパンのなかに毒を混ぜていたのだ。旅の相棒を埋葬するため、子どもは穴を掘り始めた。ちょうどそのとき、一匹の鷲が空から舞い降りてきて、死んだ猫を爪でつかんで奪い去った。子どもは箙《えびら》から一本の矢を取り出して弓を張り、意識を集中させて的に照準を合わせた。だが、矢は標的の鷲を逸れてそのまま飛翔を続け、落下のさいに野原で草を食んでいた馬を射止めた。馬は仰向けに地面に倒れて死んだ。子どもは丘の斜面を駆け下り、草原に分け入って、殺した獲物の肉を切り取ろうと馬に近づいた。それほどまでに空腹だったのだ。馬の体にナイフを突き刺して、ひとかたまりの肉を切り取ろうと死んだ馬のそばに跪いたとき、それが孕んだ雌馬だったことに子どもは気づいた。すると一頭の若駒がすぐさま母親の性器から飛び出して、楽しげに草原のなかを飛び回り始めた。

若駒は幸福だった。長くて脆い脚はまだ少しよろめいていた。ぴょんぴょんと跳ね回りながら、若駒は子どもに近づいた。

「小さなひと、こんにちは」と馬は子どもに向かって言った。

「若駒さん、こんにちは」雌馬の肉を切り取ろうと格闘しながら、子どもは答えた。肉を切り取ると、今度はその肉を炙ろうと子どもは考えた。だが、彼の周りには一本の木も見つからなかった。枝一本落ちていない。薮すらない。何もなかった。そのとき、丘の下の斜面に古い礼拝堂が建っているのが見えた。

子どもは礼拝堂の中に入り、薄暗がりの中にある棚に本が並んでいるのを見つけると、本を積み、腕に抱えて礼拝堂を後にした。

馬の背肉を焼くために、子どもは本を燃やした。そして肉を食べはじめた。肉は最高においしかった。

子どもは喉が渇いた。だが、周りにはちょっとした小川もなかった。井戸ひとつなく、池すらなかった。何もなかった。そこで彼は礼拝堂に戻り、ポーチをくぐり抜けて聖水盤の方へと進むと、身を屈めて聖水盤の中の水をすべて飲み干した。

それから、子どもは丘の反対側へと向かった。

「ぼくのかあさんを埋葬してよ」と若駒は子どもにたのんだ。

「いやだ」

「じゃあ、ぼくはかあさんのそばに残る」と若駒は言った。

「どうぞご自由に」

丘の反対側には一本の立派な川があった。山羊の群れがその川を渡ろうとしていた。羊たちが互いに押し合いながら板張りの橋の上を渡っていたとき、小川の水がとつぜん激しく荒れ始め、橋を押し流して羊たちを呑み込んでしまった。生き延びた羊は一頭もいなかった。そこで、川に沿って伸びた一本の道を子どもは進んだ。すると大きな宮殿の前に着いた。宮殿の入り口の扉には声明文が貼ってあった。ぼくのために声明文を読み上げておくれ、そこにいた門番に子どもはそうたのんだ。

王の声明文にはこう書かれていた。「我は謎の主人なり。我のまだ知らぬ、どんな本にも載っていない、我の属州のどの総督からもまだ一度も報告されていない謎を我にかけることができた者には、褒美としてわが娘をとらせよう。ただし、もしもその謎がわが図書館の蔵書の一冊にでも見つかった場合、あるいは我がその謎を解いた場合には、その者の首は直ちに刎ねられよう」

子どもは頭を横に振った。ぼろを纏った彼はよい匂いがしなかったし、裸足の指は埃だらけで、口のまわりにはまだ雌馬の血がついていた。それでも子どもは跳ね橋を渡り、階段を登って広間の中へ入っていった。

「何の用だ」

「王様に謎を献上しに参りました」

するとー斉に笑い声が起こった。宮廷人が腹を抱えて涙が出るまで笑っただけでなく、大笑いは兵士や召使いたちにも伝染した。兵士たちは吹き出しながら体を捩り、召使いたちは脇腹を押さえ、前掛けの縁で目をこすった。

王は玉座から降りた。

「そちの謎をかけてみよ」

「ひとつのピタパンが子猫の命を奪います。獲物が捕食者を殺します。貫き、殺戮を行った矢がまだ生まれぬ存在に命を与えます。書物のなかでわたしは炙り肉を食べます。大地から湧き出たものではなく、天から降ったものでもない水をわたしは飲みます。軟らかいものが硬いものに勝り、液体が固体よりも強く、湿り気が乾燥よりも優れていて、弱き者が強き者に勝るのです」

王は考えた。

顎を手で支えながら、王はさらに考え続けた。

王は言った。

「この謎はまだどの本にも載っていない。降参じゃ。我の舌を猫にくれてやるぞ。猫は我の舌を開き、呑み込まれて命を落とすだろうが。口からまだ血を滴らせているこの子どもに、わが娘をくれてつかわそう。我はわが王国をこのぼろ切れに託すのじゃ」

盛大な宴が開かれた。日が落ちて夜になると、子どもは姫を裸にし、彼女の上に乗って思い切り平手打ちを与えた。

「おまえはぼくの母親じゃない」と彼は叫んだ。

そして姫の体の奥へと入った。

*

意識の内奥に完全に引き込まれてしまうこと、それが書くことの意味だ。

自分の人生をどうやって暗号化できるのだろう。

作品、魂、身体、過去がただひとつのもの《マッス》になるためには、どんなふうに生き、読み、書けばよいのだろうか。

*

ギリシア語のタイトルは単純に『謎《ト・エニグマ》』という。この物語の最新版は、一九四〇年、ミテイリーニにて、ルカトスによってあるひとりの亡命者から口述筆記された。異なるバージョンはギリシアで四十六種類にもおよぶ。同じテーマはヨーロッパ全土、南アメリカ、マグレブ、西アフリカ、さらには南アフリカにみられる。

ある男が姫に謎をかけ、謎を解くことのできない姫は仕方なく男と結婚する羽目になる。この物語には時として、同じく世界中に存在する別の物語が付け加わることもある。つまりこうだ。英雄から秘密を聞き出すために、ひとりの姫が英雄と一夜を過ごす。

一方で『愚か者ジャン』〔ロジェ・デヴィーニュ（一八八五―一九六五）によって書記、刊行されたガスコーニュ地方に伝わる伝承。人から言われた言葉を鸚鵡返しに繰り返すしか能がない主人公は、粉屋に言うようにと母親から教え込まれた言葉でさまざまな人の不興を買い、痛い目にあう〕、もう一方で『サムソンとダリラ』〔旧約聖書の士師記一三章～一六章に登場する古代イスラエルの士師のひとりで、怪力の持ち主。イスラエルの民をペリシテ人から救うため、神から与えられた霊力を使って多くの偉業を成し遂げたが、デリラの計略に陥り、愛の一夜を過ごしたのちに怪力の秘密をデリラに打ち明けてしまう。そのとき部屋の奥に控えていたペリシテ人兵士たちに目を抉られた〕。

一方では謎、もう一方では夜。

*

アナ・アンゲロプロスは『謎《ト・エニグマ》』に次のような注釈を与えている。「困難な冒険を生き延びた果てに、物語の英雄は記号化された言葉を用い、聴衆に向かって比喩で語る。この点は決定的である、変身を遂げ続ける英雄はそうしてみずからのアイデンティティを引き受ける。つまり物語の最後に、英雄は主体として語る。そして、その事実が物語を結末へと導くのである。みずからの生をめぐる秘密は、英雄が言葉を発したその時に、ひとつのメタ言語となるのである」(アナ・アンゲロプロス、『ギリシア夜話』、パリ、ジョゼ・コルティ、二〇一三年、三二五～三二八頁)。

語ることによって、主体は自分に纏《まつ》わる秘密を勝ち取ることができる。これは精神分析の本質でもある。「自分について語ることができた瞬間に、はじめて英雄は自己を実現する。理解不可能なことがらを今まで自分の肉体とともに体験してきた英雄が、言葉によって感情を表現し、文章を通して傷の数々を秩序づけることによって、ついにはみずからの物語の主体となるのである。しかも、謎めいた英雄の物語を直接、つまり一人称の語りとして聞く権利を聴衆に与えるべく、物語の語り部はそれまで三人称で語られていた物語を中断し、英雄に言葉を託すのである」

＊

感情のただなかでは――母胎の内部でのように――「わたしは」は存在しない。光の中に現れ出たのちに、ひとつの「わたしは」にたどり着くことのできる者もいる。

＊

謎、すなわち自分である（ここでいう「自分」とは、子宮の皮膜とともに母親の肉体から生まれ落ちる胎児のからだのことだ）。

＊

言語的な意味作用しか存在しない、というわけではない。謎めいた記号表現《シニフィアン》も存在する。その起源を確定することは可能だ。これらの記号表現《シニフィアン》は空位期、つまり誕生と共通言語取得のあいだの時期にさかのぼる。体の中に呼吸が荒々しく吹き込まれ、それによって始まる空気中での生の黎明期には、他人や、彼らの不可思議な行動、その奇妙な習慣や風変わりな言語によってわれわれは取り囲まれている。真っさらな魂のなかに異物が溜まっていく。赤子がそばに繋ぎ止めていた人々から発せられたにもかかわらず、赤子にとっては理解不可能な異物たち。意味を与えられた層と、謎めいた層が複雑に沈殿していく。『謎』と名づけられた物語に登場する礼拝堂に並んだ書物のように、不可解な残滓による堆積物が、こうしてわれわれひとりひとりの内奥の底に堆積する。

そうした残滓は燃やすか、さもなければ消費し尽くさなければならない。

われわれの内奥、われわれの身体の中心部には不透明なメッセージがあり、それがわれわれをわれわれ自身の中心からずらす。われわれは本当の意味でもはやそこにはいない。今この瞬間の中にいるわけでもなければ、他人と共にいるわけでもない。われわれのものだ、と言いきれるような世界にいるわけでもなければ、歴史のただなかにいるわけでもない。

あるいはまた、そうした残滓ひとつひとつに名前を与え、それらを識別しなければならない。謎めいたシニフィアンは、われわれを取り巻いていた人々によって無意識にわれわれへと伝えられた。動物においても事情は同じだ。生まれ落ちたその場所で、猫たちがみずからの中心を偏在化していく様子を、われわれは容易に観察することができる。

われわれに取り憑いている謎めいたメッセージすべてを、ひとつずつ翻訳しなおさなければならない。

われわれの内奥でしゃべり続ける別の誰かがいるかぎり。

「子ども」の中にはまず「名無し」があった〔フランス語Enfant（子ども）の由来となったラテン語のInfansは「しゃべらない者」つまり言葉をもたない者の意。子どもは母語を習得するまでに、キニャールのいう「空位期」すなわち言語活動から疎外された時期を過ごす〕。

無名性こそが起源なのである。

*

一八九六年十二月六日付けのフリースに宛てた手紙の中で、フロイトは精神の発展を素描したが、すでに存在しているものをそれぞれが別の言語へと翻訳することによって成立する一連の書き込みとして精神の発展を提示したのである。生理学的な「エス〔後期フロイトが心理装置を区分した三つの審理のひとつで、人格の欲動的な極〕」、つまり起源となる「エス」は存在しない。無意識という概念は、精神のなかで徐々に抑圧されたものがもたらす、その結果を示しているにすぎないのである。「抑圧」という意味でフロイトが用いる語は《Verdrängung》〔「押しのける」（Verdrängen）という動詞から派生する〕である。抑圧はなんら実体的なものへと送り返されない。抑圧とは「翻訳の拒否」なのである。ゆえに、感情や感覚、印象や知覚の大海の海原の中心に、謎が集積する奇妙な群島が、なされることのなかった翻訳によって作りだされるのである。

海という巨大な塊《マッス》の下に沈む大地の、その沸々と沸き上がる火山のごとき水底が、奇妙にも固体状態で湧出する現象。

一連の書き込みのその各々が先立つものを別の言語に翻訳し、あるいはまた、ひとつのアイデンティティを別の身体へと転移させる。

これこそまさに日本人たちが愛し、彼らが漢詩と呼ぶ、あの奇妙な詩において実践される行為である。

「解説」にかえて

小川美登里

一、物語《コント》とはなにか

古来、物語《コント》は民間伝承に属していたが、ヨーロッパでは十七世紀になって書記化のプロセスを経たのちに近代文学の一ジャンルとなった。たとえば、有名なフランスのシャルル・ペローやドイツのグリム兄弟による童話は、民衆から昔話を聴き取り、口述した内容を文章に起こしたものである。専門家によれば、この民間伝承から文学テクストへの移行の過程で失われたものは大きく、現在、本来の意味での物語《コント》の原型を知るのは困難であるという。確かに、民間伝承から文学的物語《コント》への移行は、単なる筆写《トランスクリプション》以上に、改変であり変容であった。数あるヴァリアントの中からただひとつのヴァージョンだけを原本《オリジナル》として固定することによって、口承文学の持っていた可変的な性格が損なわれただけでなく、聴取した物語を修正し、同時代の風俗に合うように脚色し、さらには物語の最後に教訓《モラル》を付け加えるなどの大胆な改竄が当時の童話作家によって多くなされた。しかしその一方で、物語《コント》にはほかの文学ジャンルにはない魅力があることに疑問を差し挟む者はいないだろう。十八世紀にドイツ中を旅し、口伝えに聴き取った物語をまとめたグリムの証言によると、彼らが収集した物語のなかには、当時すでに失われていた習慣や風俗、土着宗教、古の神話などの残滓が看取されたという。この点からも物語《コント》の特異性が理解できる。十七世紀以降に成立した文学ジャンルでありながらも、虚構という様式のもっとも始原的な痕跡をとどめているのが物語《コント》なのだ。

時代錯誤を犯してまでも物語《コント》をもっとも古い文学ジャンルとしてみなしたいという誘惑は、たとえば物語《コント》を小説と比較してみることでより強く感じられる。セルバンテスの小説『ドン・キホーテ』（一六一六年）の例が示すとおり、近代社会の成立とともに文学の主要ジャンルとなり、それゆえ近代の象徴でもある小説は、社会における個の形成をしばしば両者の軋轢や対立をテーマとして提示する。十九世紀になると、批評家マルト・ロベールのいう「ファミリー・ロマンス」を描く媒体へと、小説はさらに特化していくのである。

一方、物語《コント》の原型である民間伝承は、共同作業の場から発祥したと言われている。たとえば、針仕事の最中に眠りこけてしまうことのないように、仲間たちと互いに物語を語り合った、あるいは、狩りの最中に遭遇した奇異な獲物や怪談話などを狩人仲間に語った、などだ。この意味において、哲学者ガストン・バシュラールの指摘するように、物語《コント》は詩的イメージが担保する伝達可能性に支えられており、その語りは個人的な「わたし」という視点ではなく、複数的で共同体的な視点によって支えられている。この間主観的なコミュニケーションが物語《コント》のアルカイックな性質、神話にも通じるようなその性質を規定しているのである。

二、子どものための物語《コント》からインファンスの物語へ

一八一二年に『グリム童話集』初版が刊行されたとき、その正式タイトルは『子どもたちと家庭の童話』だった。一六九七年にシャルル・ペローが上梓した童話集『マ・メール・ロワ』（マザー・グースの原型といわれるフランスの童話）もまた、ペローの子どもたちの教育のために書かれたと伝えられている。事実、物語《コント》の多くは、男子あるいは女子がいかに両親の庇護から独立し、固有のアイデンティティを確立し、まっとうな人生を築き上げるかといった、社会におけるイニシエーションをテーマとしている。この点において、共同体における規範や禁忌を物語化した神話と同様の機能を担っていることがわかる。

しかしながら、子ども向けの物語《コント》は実際にはさほど多くない。童話集として書き起こす際に、伝承が多分に含んでいた性的な行為の仄めかしや近親相姦などのテーマを物語作家たちが執拗に抹消したという事実を考え合わせるならば、物語《コント》がそもそも子どもむけに書かれたものではないことは明らかである。たとえば、グリム兄弟が民衆から伝承を聴取したとき、物語の語り手のほとんどは成人であった。彼らは、幼年時代に大人から聞いた物語をふたたび思い起こし、それを彼ら自身の語りをとおして物語作家に伝えたのである。だとすれば、語られた物語は、子どもの欲望そのものというよりはむしろ、幼年時代を回想したときに大人が感じた欲望

をより強く反映しているとはいえないだろうか。つまり、物語《コント》は精神分析でいうところの「隠蔽記憶」（**souvenir-écran**）に匹敵する。生身の人間を語り手とする口承文学から派生した物語《コント》は、話者の幻想や抑圧された欲望をより一層強く映し出すスクリーンとなる。そうであるなら、物語《コント》は子どもの教化や馴致を本来その目的とするのではなく、幼年期の奥底に眠る（社会において成就不可能な）願望や夢、欲望の比喩表現であると定義することができるだろう（この点において、物語作家たちが付け加えた教訓や道徳の類は、語られた物語内容を事後的に反例――つまりは真似してはいけない禁忌――として再定義することによって、なんとか辻褄を合わせようとした苦肉の策であったかもしれない）。

物語《コント》世界のインスピレーション源でもあるこの幼年期を、作家パスカル・キニャールはインファンスという言葉で呼び（インファンスはラテン語で「言葉をまだ話せない子ども」という意味である）、インファンス特有の心的世界を *différence sexuelle*、すなわち性差という言葉で定義した。それをキニャール自身の言葉で説明したのが以下の引用である。

> 物語《コント》は子ども特有の言葉遣いがもつ自由や密度に近い。〔……〕子ども特有の言葉遣いは純粋な情緒に由来する。つまり「純粋に」性的であるということだ。「純粋」であるのはそれが完全に「倒錯的」であり、無方向的だからだ。
>
> （Pascal Quignard, *Lycophron et Zétès*, Paris, Gallimard, coll. « Poésie/Gallimard », 2010, p. 225.）

言語を習得する以前の子どもは、ことばという媒介を経ることなく、世界に直接触れ、世界を直接感じる。思春期からほど遠いその身体の内部では、主体を他者へとつなぐアンテナの役割をする性感帯はいわば皮膚全体に広がり、遍在化している。いまだ過去／現在／未来という確たる時間軸がないがゆえに、外界との接触によって起こった知覚は方向性をもたず、一瞬のうちに生や死と同化する（生と死ですら、そこではまだ対立項にはなっていない）。飽くことなき欲求や欲望だけが、子どもの支配者である。キニャールにとっての、こうしたインファンスの特徴を見事に物語化したのが、グリム童話の『わがままな子ども』であった。物語《コント》の主人公である「わがままな子ども」は母親の言いつけを一切聞かなかったため、神さまは彼を病気にして殺してしまう。わがままな子どもは埋葬される。だが、子どもの片腕が土の中から押し出てくる。腕をふたたび地中に埋めて土をかけたところで、子どもの片腕はまたもや土の中から飛び出してくる。何度でも。何度でも。とうとう母親が鞭を携えて子どもの墓にやってきて打擲すると、やっとのことで腕は土の中に引っ込んだという奇妙な話だ。この短い物語《コント》でもっとも異様なのは、執念深く墓の中から現れ続ける子どもの片腕であろう。キニャールにとっては、この片腕こそが中和不可能な、死よりも頑固で執拗な欲望の象徴であり、その欲望を至上命令とするインファンスの状態である。したがって、インファンスの世界と直結する物語《コント》は、道徳の此岸にある限りにおいて本質的に道徳とは無縁であるといわざるを得ない。物語《コント》を条件付けるのはむしろ矛盾した欲求や欲望であり、それらがイメージ豊かな比喩表現をとおして語られるのである。その際、本来は方向性をもたない（したがって脈絡もなく筋立《アーティキュレーション》てもない）物語をまとめるのは夢の論理にも似た方法であるだろう。物語《コント》や童話の語りが比喩に富み、あるいは童話集に伝統的に挿絵がつきものだった理由もここにある。物語《コント》とは本来、ことばによる語りと、イメージが産出する夢や幻想によって織り成された異種混淆的な様式であったと推察できる。ことばだけでは足らず、イメージだけでも十分ではなく、まさに両者ともに手を携えて、表象不可能で未分化なインファンスの領域へと切り込む必要があったのである。

三、起源についての問いかけ

目的論的な世界観を構築しようとする小説とは異なり、物語《コント》には結論も結末もない。物語《コント》は本質的に起源についての問いかけなのである。ここでふたたびキニャールを引用しよう。

はるか彼方の空間とはるか昔の時間に根ざす虚構世界の文脈は、必然的に起源についての問いかけであり、それは別の場所、別の時間、境界線の外側、国境道《リムス》の外に広がる非耕作地《サルトウス》、彼方もしくは荒れ野に位置し、また、誰にも知られず、予測すら不可能な、時間なき時間であり続ける濃密な過去の中に見出される。

（『深淵』〈最後の王国3〉*Abîmes (Dernier Royaume III)*, Paris, Grasset, 2002 ; Gallimard, coll. « Folio », 2005, p. 165.）

さらに言うなら、問いかけこそが起源なのだ。

出発点にかかわる問いはもっとも根源的な問いである。だが、あらゆる「なぜ」の源、すなわち暁の源や誕生の源には、起源性《オリジナリテ》／独創性そのものである「なぜ」が横たわっている。

(*Ibid.*, p. 208.)

あらゆる問いかけの源には、キニャールが往古という名で呼び、ベルクソンが純粋時間と名付けた、決して滅びることのないなにかがある。流れ続ける時間のただなかで、過ぎゆくものが過去へと変容するなら、往古は過去の上流にあって、絶えざる時間の流れを作り出すだろう。往古を特徴付けるこの「決して古びないもの」――別の言い方をするなら「もっとも古くもっとも新しくあり続けるもの」――へと人間の眼差しや欲望を差し向けるのが物語《コント》である。連作〈最後の王国〉第二巻『いにしえの光』で、小説と物語《コント》の違いをキニャールは次のように説明している。すなわち、歴史的過去へと送り返される語りをとおして主人公の生の意義を事後的に証明する機能を担うのが前者であるのに対して、後者はいわゆる絶対的な過去へと送り返す、と。物語《コント》の登場人物が同一性を冠する個人としては特定されず、いつも無名の「何某」か、あるいは親指太郎や桃太郎、白雪姫や青髭公といった異名の存在であるのもそうした理由による(彼らの名がしばしば物語《コント》の結末を先取りする符牒の役割を果たすのは、起源にある謎の解明を目的とする主人公の生を遡求的に再構築するのが物語《コント》の語りだからだ)。

秘匿的な原初の光は、インファンスの無個性的で融合的な感覚世界の記憶をとおして、ことばを話す者を抗いがたく引き寄せる。物質ひとつひとつが光を放ち、事物への共感が瞬時になされ、「わたし」と世界がともに繋がっていた世界にたいして人が抱く憧憬は、起源回帰の欲求として強く意識されるにいたる。敬愛する清少納言の文章を援用しながら、キニャールは物語《コント》の魅力を次のように分析している。

「絵に描き劣りするものの段」において、紀元千年の京都で、女帝の屋敷に咲く桜の花や山吹と比べて清少納言（清少納言、『枕草子』、第一一二段「絵に描き劣りするもの」を参照せよ）はこう記した。「その美しさをおおいに褒めちぎりはするものの、人がけっして見ることのない物語の男女の顔」〔「なでしこ。菖蒲。桜。物語にめでたしといひたる男、女の容貌《かたち》」〕。

顔をもたないがゆえによりいっそう魅惑を放つ小説の主人公の美しさについて、フロベールはシャルパンティエに当てた書簡のなかで触れている。

「それらが見えないという事実を人々が知らないからではない。彼らは「それらを見ずして見て」いるのだ」（Pascal Quignard, *Petits traités II*, Gallimard, coll. « Folio », 1997, p. 131.）

教訓や道徳《モラル》を例証するというよりもむしろ、顔をもたない始祖が発する圧倒的な美を異形の貌へと置き換え、不可視の起源をことばに翻訳しながら、往古のエネルギーを虚構のフィルターをとおして伝えること、それがキニャールにとっての物語《コント》である。こうした試みにおいて、民間伝承が伝える素朴なイメージを強烈で豊穣な比喩表現へと変換しつつ、口承文学独特のリズムや反復、定型表現などを書き言葉《エクリチュール》へと横滑りさせるキニャールの手腕は見事としか言いようがないが、そこにはおそらく二重の意図が込められている。第一に、先述したように、口承文学が保持していた語りの力――起源のもっとも近くにある言霊の力――を、沈黙のことばで綴られた文学のなかに世界に蘇らせること。そして、第一の意図と一見矛盾するようにみえるが、伝承文学を構成する諸要素をエクリチュールの遡上に乗せ、書き言葉の特徴ともいえる論理性や透明性に対する前者の耐性を試練にかけることによって、語る行為のもつ根源的な虚構性――語るとは、そもそも語りえないものについて語ることでしかないという真実――を露呈させることである。口承性に由来する語りを粉骨砕身しながら、言語行為の此岸にある破壊不可能な起源を表出させることこそ、キニャールの物語《コント》がみずからに課した使命であると言ってもよいであろう。

以上の理由から、もっとも古い物語形式に属すると思われた物語《コント》が、キニャール文学においてはもっとも先鋭的なエクリチュールの在り方に結びついていることが明らかとなるだろう。事実、キニャール作品における物語《コント》の重要性は近年ますます増しているように筆者には感じられる。とりわけ二〇〇二年に第一作が刊行された連作〈最後の王国〉では、哲学的な思索や自伝的な断章、古代から現代までを広く射程とするさまざまな作品への言及と並んで、ヨーロッパやインド、アジアやヨーロッパで語り継がれた物語《コント》がしばしば引用されている。物語蒐集家《コント》を自認する作家のまさに真骨頂であるともいえるが、本作品集において訳出した物語《コント》はどれも、独立した作品として発表されたものの中から選ばれた。以下、それぞれの作品に簡単な解説を付しておく。

「失われた声」

「失われた声」は、キニャール四作目の物語《コント》として、一九八九年から一九九二年にかけて執筆された。作家いわく、執筆当初からバレエの翻案として構想されていたという。その後、アンジュラン・プレルジョカージョの振り付けとベルナール・カバナの音楽が付されたバレエ作品として、『蛙』（*L'Anoure*）という別タイトルのもと、一九九五年六月アヴィニョンで初演された。

ところで、キニャールの物語《コント》の特徴は、極端なまでに凝縮されたドラマと語りの簡潔さにあり、それが読後しばらく読者を茫然自失状態に留め置く所以でもあるが、こうした濃密さは実のところ、古今東西の民話や伝承を下敷きにしながらも、そこに別の要素を混在させるという、作家自身のスタイルによるものであり、言い換えるなら物語が重層決定されているという事実に負っている。物語《コント》の末尾で作家自身が明かしているように、「失われた声」の着想源はオウィディウスの「*Aeternum stagno vivatis in isto !*（永遠にこの沼で生きていけたなら！）」という一節である。オウィディウスによるこの一節に、ハンガリーの精神分析家シャンドール・フェレンツィが唱えた「子宮への退行」を読み取ったキニャールは、水から陸へと住処を変えるのに伴って、オタマジャクシから蛙へと変態を遂げる両生類に、人間存在を重ね合わせた。人は蛙のように故郷（水の世界／羊水に満たされた母胎）を離れて陸へと上がる。そう考えてみると、物語《コント》冒頭でいきなり馬車が転覆し、傷を負った主人公が地面に投げ出される場面は、誕生の瞬間（大気世界に生まれ落ちる瞬間）を暗示しているといえなくもない。この事故による母との突然の死別はジャンの心に深い傷を残す。そして亡き母の面影を纏ってあらわれた若い娘にジャンは心奪われる。蛙の化身である娘は、溺死者から奪った声でジャンに歌をうたって聞かせる。人ならざる存在者《むすめ》がうたう歌が禁忌であるのは、その歌が彼に往時（胎児だったときに体全体で聴取していた母の声）への郷愁を呼び覚ますとともに、もうひとつの喪失——声変わりによって決定的に失われてしまった幼年期《インファンス》——を強く意識させるからである。物語《コント》のハイライトでもある場面が、『オデュッセイア』の有名なくだり——死を招くといわれるセイレーンの歌に興味を惹かれ、船のマストに体を縛り付けてまでも怪物の歌を聞こうとするオデュッセウスを描いた場面——からの借用であることに読者は気づくことだろう。

　インファンス期の喪失が声変わりのテーマと結びつけられたのは、実は「失われた声」が初めてではない。一九八七年に上梓された『音楽のレッスン』（*La Leçon de musique*）と、のちに映画化された一九九一年の『めぐり逢う朝』（*Tous les matins du monde*）では、声変わりによって聖歌隊から追放された少年が、ソプラノ・ヴォイスの喪失を埋め合わせようとして器楽音楽に没入したという、バロック期のフランス、音楽家マラン・マレの生涯をモチーフとした物語に焦点が当てられている。もちろん、実際にマレがインファンス期の心的外傷《トラウマ》がもとでヴィオラ・ダ・ガンバの名手になったという史実は存在せず、キニャールの創作によることは明らかであるものの、だからこそ声とインファンスの問題系がいかにキニャール作品全体において重要であるかがうかがわれる。

最後に蛙についても触れておこう。キニャール作品に登場する数多の動物のなかでも、蛙は猪と並んで特権的な地位にあるといってよい。両者ともに作家自身を象徴する存在であり――猪は孤独を愛する作家の、蛙はマレと同じ喪失体験の犠牲となった青年キニャールのイメージとそれぞれ重なり合う――、こうした多義性の網目を縫って、作家は非現実的な物語《コント》のなかに個人的な挿話を忍び込ませることができたといえる。幼年時代のキニャールにとって、蛙は実の兄弟以上に親密な存在だったらしく、「失われた声」の背後に港町ル・アーヴルでの作者の幼年期の思い出を感じ取ることも不可能ではないだろう。

『舌の先まで出かかった名前』

キニャール三作目の物語《コント》で、ミシェル・ルベルディによる音楽が付され、一九九三年四月、ノルマンディーの街リジユーで初演された。作曲家ルベルディの覚書《ノート》によると、テクストの字句を音符に転記する楽劇《オペラ》のスタイルではなく、ことばによる台本《シナリオ》と音楽による台本《シナリオ》が舞台上でひとつに共鳴し合う「音楽物語《コント》」として着想されたらしい。

ところで、動物や超自然との交流は物語《コント》の特徴のひとつであり、「失われた声」でもみたとおりである。こうした異次元間の交流は、文化人類学者レヴィ＝ストロースが指摘するように、人間と自然が対立する以前の関係性、言い換えるなら、文節言語（自然言語）と社会が発生するよりも前に人が事物と結んでいた間主観的関係性と、間主観性にもとづく相互伝達が行われていた世界を表象している。『舌の先まで出かかった名前』の舞台は、人間社会と前言語的な世界というふたつの対立する世界にまたがっており、とりわけ修復困難な両者の関係性に焦点が当てられていると言ってよい。さらに、人間にとってのことばとは何か、という根源的な問いをめぐって物語が構成されているという点に着目するなら、『舌の先まで出かかった名前』を哲学物語《コント》（十八世紀、啓蒙主義時代のフランスで発生した文学ジャンルで、ヴォルテールやディドロによる作品のほか、隣国イギリスの作家スウィフトによる『ガリバー旅行記』も哲学物語《コント》に分類される）として読むことも十分可能であろう。

「ことばとは、人の生がそれなくしても可能な贅沢品である」というアリストテレスの言葉が想起するように、ことばは人間にとっての必需品ではない。そうはいっても、地球上にことばを持たない種族などいまや存在しないであろう。では、ことばとはなにか。ことばは事物に名を与える。意味を与える。目に見える事物を振り分け、分類し、分類された事物をさらに極化する。こうして光と闇、昼と夜、この世とあの世というように、世界が二極に分化される。

　名を与えられた世界では、事物がはっきりとした輪郭をもち、所定の場所に固定され、すべての存在が自明性によって輝いているようにみえる。そうした世界で人は安心して暮らすことができる。だが、明証性は人為にすぎず、他の諸要素を排除し、人が安穏として生きる世界の周縁へとそれらを追いやることによって成り立っているにすぎない。こうして、沈黙と不安、死が支配する反世界（あの世）がこの世と同時に生じることになる。

『舌の先まで出かかった名前』は、世界と反世界の境界がいかに曖昧で脆弱なものであるかを、ひとつの名の欠如という単純なモチーフを用いて効果的に表現している。物語《コント》の主人公ジューンヌは、妻が地獄の領主と取り結んだ約束――一年後に領主の名を覚えていること――を守るために地獄へと赴かねばならない。というのも、妻であるコルブリュンヌが領主の名を忘れてしまったからだ。領主の名――ヘドビック・デ・ヘル――はまさに地獄を意味する語であり、（事物が名を喚起するのではなく、名が事物を召喚するという、言語に支配された現実世界においては）必然的に記憶の奥底に追いやらねばならぬ呪われた名である。物語《コント》の中で地獄という意味を与えられたヘルというこの言葉について、キニャールは以下のような注釈を与えている。

アイスランドの伝説《サガ》では、ヘル（*Hel*）は隠れ場所（英語では *hell*、ドイツ語では *holle*）を意味する。英語で穴のことを *hole* という。ドイツ語では *Hohle* である。*Hehlen* は隠すという意味だ。だから、つねに逃げ隠れするものを呼び求めなくてはならなくなる。（『猥雑さ』〈最後の王国４〉*Sordidissimes* (*Dernier Royaume IV*), Paris, Grasset, 2005 ; Gallimard, coll. « Folio », 1997, p. 129.)

世界が作り出した反世界である限りにおいて、地獄は偏在する他所となり、ことばの綻ぶ場所のいたるところにその深淵を開くだろう。『舌の先まで出かかった名前』でジューンヌを地獄まで導くのは動物たちだ。だが、いかに動物たちの援助やジューンヌの機知のおかげで地獄に下り領主の名を知ることができても、呪われた名が地獄の境界線を越えてコルブリュンヌの待つ家（*home*）までたどり着くことはない。ただし、日本語でも「三度目の正直」という諺があるように、（押してもびくともしない扉が三度目には簡単に開いたり、三つ目の願いごとが奇跡を生むというような）おとぎ話の世界特有の決まり事さながら、三という数字の魔法《マジック》によって、幸福な結末がもたらされる物語《コント》のなかでは話は別だ。ジューンヌとコルブリュンヌは三度の試みの末に、間一髪で死を免れる。

なお、お気づきの読者もあろうが、タイトルの『舌の先まで出かかった名前』は、日本語のニュアンスを尊重するなら、「喉の奥に引っかかった名前」とでも訳されるべきだったろう。だが、フランス語で「舌」と「ことば」はともに同じ *langue* という語で表される以上、両者の換喩的な関係性を断ち切ることは難しく、さらに、この言葉遊びを介して物語《コント》の中心へと一気に読者を運んでゆく、というタイトルに込められた役割を考慮すると、いささか奇妙な原題の逐語訳に甘んじざるを得なかった。

『エテルリュードとウォルフラム』

キニャール第二作目の物語《コント》で、もとはパリの有名な書店主クロード・ブレゾー主催による挿絵コンクールのテーマ作品として執筆された。コンクールの勝者マリア・セピオルのアクアチントによるモノクロームの美しい挿絵を付した豪華本として一九八六年に出版され、その後、二〇〇六年にテクストのみがガリレー社から再版された。

本物語集のなかでおそらくもっとも謎めいたこの作品は、世界との共感覚が支配するインファンスから言語世界への、不可避かつ不可逆的な移行《パッセージ》そのものがテーマになっているように思われる。一方で、眩いまでの光、微音でありながら耳の奥に染みわたる音、鼻先を刺激する強烈な匂い——そうしたものすべてが、意味を与えられる以前に、触覚と化した皮膚全体をとおして伝わってくるような原初の体験があり、その一方で、「時間とはなにか」、「汚れとはなにか」、「欲望とはなにか」といった問いかけが示すように、目に見えない事物に存在と意味をただちに与え、事物の本質へと蚕食することに躊躇すらみせない、暴力的とすらいえる言葉の権能がある。この相反するふたつの世界のせめぎ合いがこの物語《コント》の舞台なのだ。『オイディプス王』の神話のスフィンクスの場面のように、謎かけはそのたびに荘重さを帯び、世界はますます深淵な様相を見せることで、エテルリュードを窮地に陥れる。エテルリュードの肉体に触れたい一心で謎をかけ続けるウォルフラムは、その手段としてことばを選ぶという過失を犯してしまったがために、最後には手痛いしっぺ返しを食らう。

　この物語《コント》が神秘性すら感じさせるのは、本来共存などあり得ない相反物が互いの領分を微妙に侵食しあう様子を描きつつも、ふたつの世界のどちらかに価値が置かれる訳ではなく、むしろ価値判断を中断することで、両者の揺らぎそのものを描出しようとしているからであろう。感覚が支配する世界のなかで、ことばの到来は不安を生み出すパンドラの匣の出現であり、同時に、未知の魅力をはらんだ対象《オブジェ》の誕生でもある。『エテルリュードとウォルフラム』において、ことば（ここでは、まだ生まれたての意味の萌芽のごとき、事物の最表層部に刻まれた記号のようなものでしかないけれど）は未知であるがゆえにアンビバレントな性質を保っている。そうした「ことばらしきもの」が初めて現れるのは、エテルリュードが刺す刺繡の文様をとおしてだ。忙しく動く彼女の手に導かれて白い布の上に形をあらわそうとする形象は、神々しささすら帯びている。ここで、ことばをもたらす存在がエテルリュードという女性であることにも注意を払う必要があるだろう。日本語では訳出できなかったが、エテルリュードという名は言葉遊びであり、ひとつの謎かけでもある。エテルリュード（Etelrude）はエ・テル・リュード（Est-elle rude ?）と読み替えることができる。つまり、この名は「彼女は粗野なのだろうか」という問いかけを秘めた暗号文なのである。一方のウォルフラム（Wolframm）は、名前の中に狼（Wolf）という言葉を隠し持っている。ふたりの名が保持するこの究極の謎は、読者に向かって投げかけられている。もちろん、そこにさまざまな憶測や仮説を加えることは読者の自由だ。たとえば、エテルリュードというドイツ的な響きをもつ名前の中に、キニャールに最初にことばを教えた女性の面影を見出すといった解釈も十分ありうるだろう。ちなみに『舌の先まで出かかった名前』の男性主人公ジューンヌは、フランス語で「絶食」を意味する単語Jeûne の同音異義語である。妻の記憶から消えた単語を探して彷徨う主人公は、言葉を学ぶ幼年期に食事が喉を通らなくなってしまった作者の分身であるともいえよう。

『死色の顔をした子ども』

作家による第一作目の物語《コント》である本作は、一九七六年に執筆され、ジャン・ガロネールによる挿絵つきの子ども向け絵本『お屋敷の秘密』として一九八〇年に出版された。その後、『死色の顔をした子ども』（*L'Enfant au visage couleur de la mort*）にタイトルを改め、ガリレー社から二〇〇六年に再版された。作家に確認したところ、キニャール自身は『死色の顔をした子ども』というタイトルを最初から考えていたが、子ども向け絵本の題名にそぐわないという理由で出版社から拒否され、より無難なタイトルへと変更されたという。

キニャールが最初に手がけたということからも、『死色の顔をした子ども』は重層決定を多分にふくんだ印象を与える作品であり、事実、作家の幼年期との秘められた繋がりを強く匂わせている。キニャール文学に親しい読者なら、物語《コント》の中に秘められた作者の秘密を発見し、真実の告白から虚構が紡がれてゆく創造行為のプロセスに立ち会ったかのような錯覚を抱くかもしれない。たとえそうでないとしても、この奇妙なタイトルに興味を惹かれた読者も多いはずだ。例えば、次の引用はタイトルを理解する一つの手がかりとなるかもしれない。

> 内面に押し戻された世界の表情や、自閉症の子の顔といったものは、表情そのものを拒否するという意味において顔なき顔である。自分自身であり続けることを願う子どもは自分が不可視であることを願う。内向きの子どもは光の世界における視覚を嫌う。母親が目の前にいることを嫌う、〔……〕誕生の離別を想起するものは何ものであれ、彼にとっては我慢ならない。
>
> （『ダンスの起源』*L'Origine de la danse*, Paris, Galilée, 2013, p. 96.）

作家自身もかつて自閉症であったことを考えれば、「顔のない子」がキニャール自身を指していることは容易に想像できる。だが、なぜ「死色の顔」なのか。それに関しては、古代ギリシアの哲学者ゼノンに関するある逸話がもとになっているようだ。みずからの進むべき道についてゼノンが神託を求めたところ、神が「死者たちの色に染まれ」と答えたという、あの逸話である。それに関してキニャールは以下のように述べている。

> 彼（ゼノン）は神託を理解し、そして古典作家を読み耽りはじめました。その言葉をここにギリシア語で引用しましょう。*Synchrôtizoito tois nekrois*、つまり、死者たちの色に染まれ、という意味です。読書とはしたがって単なる変容《メタモルフォーズ》以上のなにかであり〔……〕、それは変色《メタクロマトーズ》なのです。読書とは、古代の「事物」に同期（*synchroniser*）するだけでは足らず、消滅した古代の光と、忘却に呑み込まれたか失われてしまった世界の色そのものにみずからが染まる（*synchromatiser*）ということを意味するのです。
>
> （Pascal Quignard, *Leçons de solfège et de piano*, Paris, Arléa, 2013, pp. 32-33.）

「死者たちの色に染まれ」というゼノンへの神託は、たしかに作家キニャールにも当てはまる。物語《コント》の子どももゼノン同様、読書に耽る。だが、それと同時に、神託の逸話からは読み取れない余剰物がキニャールの物語に混ざりこんでいるという印象は否めない。なぜなら死色の顔となった子どもは、作家になるどころか、（ゴルゴンのごとく）死をもたらす怪物になってしまうのだから。

物語の力学という観点からいえば、この怪物への変容は父親によって課された禁忌――「本を読んではならない」――に対する罰則として解釈することができる。だが、そもそもなぜ読書が禁忌の対象となるのだろうか。一見異様なこの筋書きも、物語《コント》という文学ジャンルが守り続けてきた迷信に照らし合せてみると合点がいく。本来、成人へのイニシエーションを目的とする物語《コント》では、しばしば二者択一によって結末がもたらされる（主人公は正しい選択をすることをせまられる）。この場合、物語《コント》が最終的に肯定すべき選択とは「話す」のではなく「食べる」ことであり、「読書」ではなく「行動する」ことなのだ。こうした価値判断が代弁するのは、思弁的な生よりも実体験の重要性であり、それらが円滑な社会生活と繁殖を保証している事実はわれわれも知るところである。そうである以上、「死者たちの色に染まる」とは、血縁による系譜を否定して死者の列に加わること、つまり、みずからも死者になるという誤った選択を含意しているといえる（読書をとおして「死色になること」は、キニャールにとっては、同時代によるあらゆる抑圧から自由になり、社会的な鎖からみずからを解き放つという行為に直結している）。

ところで、オイディプス的な対立だけがこの物語《コント》のテーマではない。死色の顔のこどもと女性たちとの関係もある意味、とても両義的だ。物語では、息子のたっての希望で、母親は（それが死への供物であることを承知で）彼に三人の娘を差し出す。しかし、最後の場面が暗示するのは、三人の娘たちは結局のところ母親の身代わりにすぎず、母子の対峙が物語の隠された中心テーマなのは明らかだ。あたかも母との対峙が子どもにとっては父への背信以上に重い決断であり、また、子の「死色」への変貌はほかならぬ母親の責任であると言わんばかりに……

女性の存在について言えば、物語《コント》の大団円で魔法的解決をもたらす三という数字は、ここでは三人姉妹に関わっている。同じく三人姉妹を軸として展開される『リア王』の物語を分析したフロイトは、論文『小箱選びのモティーフ』の中で、三番目の娘が死の象徴であることを証明してみせた。死色の顔をした子どももまた、リア王と同じように三番目の娘を娶ることによって、仮の姿から解放され、本の一ページに極彩色で描かれた美少年へと変貌を遂げる。

この結末こそ、おそらくキニャールが『死色の顔をした子ども』をとおしてもっとも表現したかったことなのではないだろうか。死者の色に染まり、人に死をもたらす怪物として疎まれた子どもが、現実世界を離れて書物の世界の住人となったとき、「娘の心臓の動悸よりも生き生きとした眼差し」と「海辺に打ち寄せる波に溶けあう太陽よりも煌めく表情」をもつ美青年へと変態を遂げる。この眩いまでの光り輝く姿こそが、呪われた子どもの真の姿なのだ。

最後に、この物語《コント》のもうひとつの特徴にも触れておこう。『死色の顔をした子ども』の語りは、その過剰さによって語りそのものに存する技巧性を露呈させる効果をもっている。つまり物語《コント》の語りは物語を語りながら、その語りについても語るというメタ的な側面をもつのである。「死色の顔をした子ども」の伝説についてほとんど無知である語り手は、みずから書き起こす物語が幾重もの媒体を介して伝え聞いたものである事実を隠そうとしない。それどころか、自分の語りが数多の憶測や推測、仮説、噂、仄めかし、食い違った証言や解釈、雲を掴むような夢物語によって大きく膨らんだ、実体のほとんどない代物であると主張するのである（事実、語りをめぐる注釈部分すべてを削除すると、『死色の顔をした子ども』はごく数頁の小品になるだろう）。物語の周囲を埃のように舞う空疎な言葉たちと、それらの向こうに存在するはずの物語という、語りの二重構造を強調することで、ペローやグリムなどの物語《コント》作家が実際に体験したであろう、伝承から物語《コント》への生成変化を、読者もまた追体験するという趣向になっている。他の文学ジャンルとは異なり、物語《コント》に作者はいない。それは、誰ひとり物語に責任をもつことができないという事実からも明らかだ、もちろん語り手すら例外ではない。物語《コント》には起源がないからこそ、今後も多くの人をとおして変奏され続け、また語り継がれるのである。

リフレインや使い古された比喩の使い回し、リトルネロなどの反復による語りのオートマティズムに乗って、物語《コント》は人の口から口へと旅をする。たしかに、物語《コント》の語りが真実の物語に達することは叶わず、語れば語るほどその中心から逸れていくのかもしれない。だが、見方を変えれば、それが生まれた場所からはるか遠くへと運んでいくこの語りの能力こそ、物語《コント》のポテンシャルであると考えることができるだろう。

『時の勝利』

パスカル・キニャール第五作目の物語《コント》。書評用解説文には、二〇〇三年に女優マリー・ヴィアルが『舌の先まで出かかった名前』を朗読するのを聞いて、すぐさまこの物語《コント》（二〇一五年に上梓された最新の物語《コント》『老蛙姫』（*Princesse Vieille Reine*）もマリー・ヴィアルによって同年九月、ロン＝ポワン劇場で上演された）を書き下ろしたとある。キニャール自身によって、ソナタ形式と評された本作は、三つの物語《コント》とそれらを挟み込むもうひとつの物語《コント》によって構成されている（ソナタ形式は、曲の中心部をなす提示部、展開部、再現部という三つの部分と、その前後をそれぞれ挟み込む序奏とコーダから成る演奏形式であり、古典派音楽の基本形式でもある）。

枠《フレーム》となる四つ目の物語《コント》は、作家の自伝的要素の断片をつなぎ合わせた、パッチワークのような非連続のテクストである。過去を回想する現在の作家の視点が作品冒頭で導入され、年老いた母へとその眼差しが向けられる。母に頬を優しく愛撫された息子はこう回想する。「たわいないこの思い出がわたしの心を震わせるのは、それまで一度たりとも、八十歳を過ぎるまで、母《ママン》は一度もわたしの肌に触れたことがなかったからだ」。望まれて生まれたわけではない子どもは、自分の行き場が死でしかないことを自然に知っている、という発言をたしか作家自身がしていた。もしそれが正しければ、『時の勝利』というタイトルは、長い歳月を経てなされた母と息子の和解を暗示しているといえるだろう。事実、作家によると、物語《コント》の登場人物の幾人かは身近な人から着想を得たということなのだから。

『時の勝利』というタイトルは、盲目となった老ヘンデルが遺した最後のオラトリオ作品から借用されたものであるが、そうした文脈をいったん脇に置いたとして、さて「時の勝利」とは何を意味するのだろうか。仏教の諸行無常や聖書の『伝道の書』が教えるとおり、この世は虚しく、風のように実体もなく、すべてはただ滅び去ってしまうというのなら、それはある意味、時間のひとり勝ちを意味するだろう。だが、キニャールの考えは少し違うようだ。時間を経ても滅びないなにかが彼にとっては存在する。それは愛と死者である。少なくとも物語《コント》から読者が導き出せる仮説がそれだ。

最初の物語《コント》は、道ならぬ恋に落ちた男女の運命を描く。ふたりは周囲と一切の関係を絶って遠くへと旅立ち、そこで結婚する。しかし、産後の体が癒える気配のない妻はやむなく母を呼び寄せる。それを知った夫はすぐさま妻と子どもを捨てて失踪する。そして時は流れ、年老いたかつての夫は故郷へと戻って来る。そこで妻と再会し、彼女を愛し続けていたことを悟る……という筋書きだ。死を乗り越えてふたたび出会う男女の物語は、まるで西洋版『雨月物語』を読んでいるかのような印象を与えるが、彼らの再会がここまで生々しく読者に伝わるのは、それが虚構という特権的な場におけるエクリチュールの作用であることを忘れるべきではないだろう。死者との交流はまさに『時の勝利』全編を貫くテーマである。

第二の物語《コント》は前者と趣を異にするものの、やはり死者との交流を描いている。フランス古典主義を代表する悲劇作家ジャン・ラシーヌの少年時代に焦点を当てた本節では、将来の悲劇作家とウェルギリウスが夢の中で出会う。子どもと老作家の時空を超えた出会いは一見微笑ましくもあるが、「本当の死者はわずか、本当の生者もまたわずかなのだ」という言葉をとおしてみずからの後継者に真実を伝えようとするウェルギリウスの姿は畏怖をも感じさせる。事実、キニャールはこうも書いている。

「死を想え《メメント・モリ》」は「生を想え《メメント・ウイウエレ》」へと逆転する。逆転が物語《コント》を支配するのだ。物語《コント》のことばとは、極限まで駆り立てられた挙句に夢の支配に突然身を委ねる言語である。

（『深淵』*Abîmes*, *op.cit*, p. 39.）

死を強く想うことが、結果的に生を想うことに繋がる。生と死を反転させる物語《コント》の世界にこそ、ある意味「時への勝利」の鍵が隠されているのかもしれない。

第三の物語《コント》に登場する乞食は、強制収容所から帰還した作家の叔父がモデルとなっている。死者の国で母親と言葉を交わしたと告げられた女性主人公は、母に暖かい衣類を持たせたいと願い、乞食に包みを運んでくれるよう懇願するが、非力な乞食は包みを持ちあげることすらできない。彼女は夫の不在中に男を家に招き入れ、食事を振る舞ったうえに、とうとう大切な馬まで貸してしまう。帰宅した夫は妻をなじり、激しい打擲を与える。乞食の約束どおりに四日目に馬が戻ってきたことを見届けた妻は、安堵し息絶える。

ソナタの中心部を構成する三つの物語《コント》と、それを包み込む第四の物語《コント》は、純粋な虚構作品と自伝的断章という差異を超えて、喪失感や愛する人への断ち難い思い、涙、怒りといった感情、あるいは、寒さと欠如、死への近しさといった共通項によって結ばれているようにみえる。虚構作品を作家の伝記にいたずらに還元することはもちろん許されないが、一読しただけではわからないような深いつながりが本物語《コント》と作家の実人生のあいだにあることだけは直感的に理解されるだろう。

キニャールは四つの物語《コント》と表現したが、それぞれの物語《コント》のあいだには区切りが設けられておらず、ソナタと同じく、ひとつの作品として鑑賞することももちろん可能である。そうすることで、作品を貫通する感傷的で郷愁的な空気がより切実に感じられることだろう。

「謎」

書き下ろされるやいなや、メールで訳者のもとに届けられた最新の短篇「謎」の、そのシンプルなタイトルは、キニャールの物語《コント》「謎」が下敷きとしたギリシア民話からの借用である。訳出されたキニャールのヴァージョンでは、エッセンスのみに還元された物語と、その物語を呼び水として展開される物語《コント》についての思索という、性質の異なるふたつの部分を味わうことができる。前者では、既存の物語《コント》を改変（多くの場合、キニャールは余分な要素を排除し、物語の核に凝縮させる）し、物語を自家薬籠中のものとするキニャールの手法を垣間見ることができる。後者からは、パスカル・キニャールという一個人と物語《コント》、ひいては作品創造との関わりが素描される。幼年期に拒食症を患い、青年期においても長期に渡って鬱病に苦しんだ作家の半生と、およそ十年間におよんだ精神分析、そして分析とほぼ同時期に始まった創作活動との関わりを知る上でも、非常に重要なテクストである。

訳者あとがき

『謎——キニャール物語集』に収められた作品の初出は以下のとおりである。

「失われた声」(« *La Voix perdue* », in *La mise en silence*, sous la direction d'Adriano Marchetti, Éditions Champ Vallon, 2000.)

『舌の先まで出かかった名前』(*Le Nom sur le bout de la langue*, P.O.L, 1993.)

『エテルリュードとウォルフラム』(*Etelrude et Wolframm*, Claude Blaizot, 1986.)

『死色の顔をした子ども』(*Le Secret du domaine*, Éditions de l'Amitié, 1980.)

『時の勝利』(*Triomphe du temps*, Galilée, 2006.)

「謎」(« *L'Énigme* », suivi de *Commentaire sur trois vers de Donne*, in *Pascal Quignard, Translations et métamorphoses*, sous la direction de M. Calle-Gruber, J. Degenève et I. Fenoglio, Hermann Éditeurs,

2015.）

解説でも述べた通り、『死色の顔をした子ども』（*L'Enfant au visage couleur de la mort*）の初版時のタイトルは『お屋敷の秘密』（*Le Secret du domaine*）であったが、二〇〇六年にガリレー社から挿絵抜きのテクストのみで再版された折に改題されている。本作品集では、タイトルを含めた異同についてはガリレー社版に依った。

『舌の先まで出かかった名前』は、原作では「アイスランドの冷気」（*Froid d'Islande*）と「メデューサをめぐる小論」（*Petit traité sur Méduse*）というふたつの随筆に挟まれる形で出版されたことを書き添えておく。本来ならば三つのテクストを切り離すべきではないことを承知で、作者の許可を得て、今回は『舌の先まで出かかった名前』だけを訳出した（とりわけ物語《コント》『舌の先まで出かかった名前』を「メデューサをめぐる小論」と突き合わせて読むことで、物語《コント》が内包する自伝的な要素が浮き彫りになり、物語《コント》が担う自伝記述的な機能が明らかになることは間違いないが、ここではあえて触れない）。

「謎」のテクストは、出版の数ヶ月前にキニャール本人からメールで訳者の元に届けられた。その後、「ジョン・ダンの三詩行をめぐる注釈」という数頁のテクストとともに発表された。ここでは「謎」だけを訳出したことを断っておく。ここに訳出されたそれ以外の物語《コント》に関しては、すべて初出に挙げた文献にしたがった。

パスカル・キニャール作品が物語《コント》集という形で日本に紹介されるのは今回が初めてである

が、現代作家という肩書きに一見似つかわしくない、作家の物語《コント》への傾倒ぶりはとても奥深い。物語《コント》というジャンル名を冠して発表された作品はもとより、小説や随筆の中に紛れ込んだ民話やおとぎ話、伝承の類すべてを数え上げれば、キニャール作品に含まれる物語《コント》が夥しい数にのぼることは間違いないだろう。それほどまでに、物語《コント》はキニャール作品において重要な地位を占めている。物語《コント》の魅力について、キニャールはたとえば次のように書いている。

物語《コント》には決して酸化することのない何かがあり、だからわたしはますます物語《コント》に惹かれるのです。その何かがわたしに小説を放棄させると同時に、小説よりも古く、より非人間的で、より夢に近く、より自然で、口の中では粗野に響き、魂の中で自然に生まれ、より心震わす何かへとわたしを向かわせるのです。その何かとは、古びず、方向性をもたず、拍動的でぎくしゃくしたリズムをもった、短くてイメージ豊かで要約的、曖昧で濃密なもの、泉のように溢れ続け、生に糧をもたらす、そうした謎めいたものなのです。

（『深淵』〈最後の王国 3〉*Abîmes (Dernier Royaume III)*, Paris, Grasset, 2002 ; Gallimard, coll. « Folio », 2005, p. 216.）

詳しい説明は本書解説に譲るが、物語《コント》の起源は小説や随筆よりも古く、民間伝承にまで遡ることができる。ではなぜそうした古い形式《ジャンル》を現代に蘇らせる必要があるのだろうか。キニャールの目論見は、たんなる懐古趣味という以上に、歴史上存在したさまざまな文学ジャンル（今流に言えば「世界文学遺産」と呼びうるもの）を再活性化することにある。もっとも古い文学形式のひとつである物語《コント》は、小説や随筆よりもプリミティヴな仕方で人間の欲求や夢、欲望を書き込むことができる。十九世紀末の無意識の発見を受けて、二十世紀初頭、モダニズム小説が「意識の流れ」をエクリチュールの世界に招き入れたように、現代に蘇った物語《コント》は、意識下的な混沌とした世界をイメージ豊かな表現に置き換えてみせるのである。

　さらに言えば、オリジナルなど存在しないという物語《コント》の立場が、現代作家キニャールの文学観に合致したともいえる。太古から語り継がれ、多くの人の手を経てきた民間伝承に由来する物語《コント》には、作者は存在しない。物語《コント》とはむしろ、人々の無意識が次々と書き込まれた心的地図のようなものである。この意味において、所有権や著作権の侵犯などの発生しない物語《コント》は、人々の手によってさらに上書きされ、書き換えられ、改変されうる自由な文字空間を保証しているようにみえる。キニャールが物語《コント》の蒐集家であると同時に物語作家でもあるという所以も、そうした点に見出される。ここでは、物語《コント》の読者であり作家でもあるキニャール作品の特徴をいくつか書き出してみよう。

　まずは、ことばの意味に対するイメージ（比喩）の優位性が挙げられる。キニャールの物語《コント》のもっとも顕著な特徴は、夢や映画にみられるようなシークエンスのつながりによって物語が進行することであろう。論理や因果関係を暗示する表現や状況説明などは意図的に省略され、各シークエンスはその強度を保ったまま、次の場面へと引き継がれるのである。物語《コント》につきものの謎やミステリーは、優れたサスペンス映画さながら、結末まで宙づり状態にされる。

説明的な箇所がほとんどないと指摘したが、物語《コント》の語りはある意味矛盾した様相を呈している。というのも、描写あるいは状況報告に特化する極度に簡潔な文体、すなわち可能な限り主観性を排した文体と、それとは相容れない主観的な描写（正確にいえば、対象との距離感の欠如に由来する、感覚や感情に根ざした主観性の表明）が混在しているからである。その結果として、テクストを読み進める読者もまた、同時にその場面に居合わせ、いやおうなく事件の共犯者となり、その影響を被ってしまうような錯覚を抱くのである。

最後に、他のいかなる文学ジャンルにも増して、物語《コント》は普遍的なテーマへの回帰を目指し、しかもそのテーマを解決に導くのではなく、むしろ可能な限り純粋な問いの形へと昇華させるという点が挙げられるだろう。なぜなら、人間のもっとも内奥の心理へと迫ろうとするのが物語《コント》であるなら、物語は必然的に生の謎へと帰着せざるを得ないからである。それを直球で表現した作品が、本書の最後に収められた「謎」という物語《コント》である。この物語《コント》をとおして、読者はキニャールの文学観をより深く知ることができるだろう。

先にも触れたとおり、キニャールの手による物語《コント》は数多いが、独立して出版されたものはさほど多くない。今回、物語集を編むにあたっては、物語《コント》として独立して出版されたもの、あるいは物語《コント》という特異なジャンルをもっとも体現しているものを厳選して、作家自身の助言をもとに、掲載の順序も含めて一緒に議論しながら決めた。キニャールの作家としてのキャリアを概観すると、翻訳家・物語作家としてデビューしたのちに小説家として脚光を浴び、その後はジャンル自体を解体するような独自の作品創造へと傾倒していった軌跡を辿ることができる。

そして、近年の〈最後の王国〉に代表される領域横断的なテクストの内部にふたたび物語が登場する事実から、いかに物語《コント》が作家キニャールの核となっているかがうかがえる。したがって、本物語集に編まれた作品は、年代的に見てもキニャール文学の最初期と晩年を結ぶラインナップになっている。物語集最後の作品「謎」は、まさに作家による物語《コント》観の集大成としての価値をもっている。タイトルを『謎』としたのは、キニャールの物語《コント》をあらわすのにぴったりの言葉に思えたからである。作家にその話をすると、「謎」を意味する日本語が『変身譚』の作者(古代ローマの作家ピュブリウス・オウィディウス・ナゾ)の名前の同音異義語なのでとても嬉しい、という感想をいただいた。日本語タイトルをとおして図らずも作家のオウィディウスへのオマージュを表すことができた幸運に感謝したい。

いつもながら、編集者の神社美江さんには大変お世話になった。ここに深い感謝の意を伝えたい。

二〇一七年一月

小川美登里

訳者について——

小川美登里（おがわみどり）　一九六七年、岐阜県に生まれる。筑波大学人文社会系准教授（専攻、フランス現代文学）。ジェンダー、音楽、絵画、文学などにも関心をもつ。主な著書に、*La Musique dans l'œuvre littéraire de Marguerite Duras*（L'Harmattan, 2002）、*Voix, musique, altérité : Duras, Quignard, Butor*（L'Harmattan, 2010）、Midori OGAWA & Christian DOUMET（dir.）, *Pascal Quignard, La littérature à son Orient*（Presses Universitaires de Vincennes, 2015）、*Dictionnaire sauvage, Pascal Quignard*（collectif, Hermann, 2016）などがある。

Cet ouvrage a bénéficié du soutien des Programmes d'aide à la publication de l'Institut français.
本書は、アンスティチュ・フランセ・パリ本部の出版助成プログラムの助成を受けています。

パスカル・キニャール・コレクション

謎　キニャール物語集

二〇一七年四月二五日第一版第一刷印刷　二〇一七年五月一〇日第一版第一刷発行

著者――パスカル・キニャール

訳者――小川美登里

装幀者――滝澤和子

発行者――鈴木宏

発行所――株式会社水声社

東京都文京区小石川二―一〇―一　いろは館内　郵便番号一一二―〇〇〇二

電話〇三―三八一八―六〇四〇　FAX〇三―三八一八―二四三七

郵便振替〇〇一八〇―四―六五四一〇〇

URL: http://www.suiseisha.net

印刷・製本――モリモト印刷

ISBN978-4-8010-0224-1

PASCAL QUIGNARD
collection

パスカル・キニャール・コレクション　全15巻　［価格税別］　＊内容見本呈

〈最後の王国〉シリーズ

さまよえる影たち〈1〉　小川美登里＋桑田光平訳　二四〇〇円
いにしえの光〈2〉　小川美登里訳　三〇〇〇円
深淵〈3〉　村中由美子訳
楽園の面影〈4〉　博多かおる訳
猥雑なもの〈5〉　桑田光平訳
静かな小舟〈6〉　小川美登里訳
落馬する人々〈7〉　小川美登里訳
秘められた生〈8〉　小川美登里訳
死に出会う想い〈9〉　千葉文夫訳

音楽の憎しみ　博多かおる訳
謎　キニャール物語集　小川美登里訳　二四〇〇円
はじまりの夜　大池惣太郎訳
約束のない絆　博多かおる訳　二五〇〇円
ダンスの起源　桑田光平＋パトリック・ドゥヴォス＋堀切克洋訳
涙　博多かおる訳　次回配本